京园余梦

陈坚律诗集

陈坚 / 著

中国财富出版社

图书在版编目（CIP）数据

京园余梦：陈坚律诗集／陈坚著．—北京：中国财富出版社，2018.2
ISBN 978－7－5047－5399－1

Ⅰ.①京… Ⅱ.①陈… Ⅲ.①律诗—诗集—中国—当代 Ⅳ.①I227.7

中国版本图书馆 CIP 数据核字（2018）第 029999 号

策划编辑	李彩琴	责任编辑	戴海林 杨白雪		
责任印制	梁 凡	责任校对	孙会香 卓闪闪	责任发行	王新业

出版发行	中国财富出版社		
社　　址	北京市丰台区南四环西路 188 号 5 区 20 楼　邮政编码　100070		
电　　话	010－52227588 转 2048/2028（发行部）　010－52227588 转 307（总编室）		
	010－68589540（读者服务部）　　　　　010－52227588 转 305（质检部）		
网　　址	http://www.cfpress.com.cn		
经　　销	新华书店		
印　　刷	北京京都六环印刷厂		
书　　号	ISBN 978－7－5047－5399－1/I · 0276		
开　　本	710mm×1000mm　1/16	版　次	2018 年 2 月第 1 版
印　　张	14.5	印　次	2018 年 2 月第 1 次印刷
字　　数	145 千字	定　价	68.00 元

版权所有 · 侵权必究 · 印装差错 · 负责调换

写给陈坚老师

陈坚老师是我高二和高三时的班主任,教语文课。虽然只有两年时间,但对我们这一班学生的影响很深。毕业三十多年来,世事瞬变,人情飘忽,然而我们师生间却一直保持着联系,时间越久,感情越深。陈师退休后来到北京,一边帮扶首都基础教育,发挥特级教师的余热;一边含饴弄孙,享天伦之乐。与陈师同城而居,不时相聚,一起回忆过往、谈天说地,受教的机会不减反增。

日前有幸拜读陈师的律诗大作,首先跃入眼帘的《丙申十月国家大剧院听张火丁唱〈江姐〉(新韵)》立马就打动了我。张火丁是我喜欢的京剧艺术家,我几乎看过她在京的每一场演出。巧的是,那场演出陈师邀我一同观看,但我也早早就买了戏票。我们师生不约而同地欣赏了这出经典大戏,也不约而同地被张火丁演绎的江姐感动了。陈师的"轩昂鹤立松间月,幽咽泉流冰下春",正是我想说而未说出的感受,特别是"冰下春",贴切极了。陈师作注说:"冰下春,冰下涌动着的融融春意。《江姐》

的唱腔，在程派幽咽的主旋律中流淌着几分积极向上的温暖情绪，给人以希望。譬如《绣红旗》……"独特的视角、深刻的评点、纵情的谈吐，透着细腻而浓烈的情感，绝非常人之作。

细细品读陈诗，很多处会情不自禁地大声朗读出来，那是一种享受。时下敢作古体诗词的，不可谓不多，包括一些名声在外者，可有几人能真正懂得押韵、平仄、对仗呢？更遑论粘对、实境梦境意境了。这些无知无畏者出尽洋相，摧残着读者对美的追求。当然，我也有很多快乐阅读可以炫耀。记得在北京大学工作时，厉以宁先生曾送过我一本诗词自选集，我惊讶于一个经济学家竟有如此深厚的文学功底和如此丰富的内心世界，读得人痛快而惬意。这次拜读陈师大作，那种感觉不期然地又回来了。

曾自以为很了解陈师——那位不苟言笑、才华横溢而又内敛平和的语文老师；那位经常在关键处指点学生人生的班主任；那位凭着真本事一步一个脚印地走上帅位的母校校长；那位淡然而退、远离江湖、夕阳正红的智慧老者。即便这样光鲜，对于陈师的认识，在读过陈诗之后必然还是提升了。

文如其人，诗以言志。作诗主要看心境，亦如王国维所言"以境界为最上"。由陈诗看陈师，我以为陈师和陈诗的魅力都在于境界。

——他的心中始终涌动着中国知识分子的家国情怀。陈诗散发着传统文人与生俱来的使命感和忧患意识，时常流露出一种责任担当，我相信这是支撑陈师几十年教师生涯的基本价值选择。《七十杂咏》在感叹"书生老去耽回顾，总在朝花夕拾中"的同时就明言"孟子箴言莫漫与，生于忧患死于安"。《赴京道中》有"已归离雁江湖外，又入扁舟天地间"的欣慰。《秋兴八首》则对自己发出"千里欠归元亮井，八年空负达官营"的感慨。诗心的根本在于思想与情怀，真正的诗人应该是忧思者，是思想家，是使命承担人。我一直认为这是知识分子最为宝贵的立命之本，陈师身上流淌的正是这种正统而高贵的血脉。

——他的情感充满着深沉动人的力量。陈师是个很沉静的人，他的文字就像压弯了腰的麦穗，饱满厚重，能让人嗅出"老杜"的味道。在《给京东》中的"仗剑行吟走天下，不辞风雪夜归人"，分明能读出老师对学生的深情与厚望。再如《八六届学子己亥元日京都聚会即事》中的"乡音未改人犹是，情也无涯生有涯"；《秋兴八首》中的"秋风不解相思意，摇落伤悲满鬓华"；《共产党人》中的"沛然浩气昭先烈，慷慨悲歌启后昆"等，无论写人写事写史，行文不飘、落笔有根。深沉的力量源自内心，掩映在平静的外表之下，持久而自信，所以才打动人、感染人。我有时想，陈师为什么能把深沉演绎得这般娴熟？虽思不解,或许是积累的结果。

——他的文采给读者带来了高级的阅读享受。陈师诗心深窈,自我标准很高,作品不会轻易示人。我初读一遍,头脑中就闪出不少佳句,譬如"纸窗敲夜雨,陋室滤晨风"(《怀故里居止六首》);"华雨静飘空色外,心珠常印摩尼中"(《谒北京广化寺》);"旧雨林间聚,孤云天外流"(《回乡杂感》);等等。陈师也许喜欢化梦,因为庄子之典至少用过两次,"每借庄生托晓梦"(《七十杂咏》)、"晓来一觉庄生梦"(《秋兴八首》),眼过之处让人会心一笑。有意思的是,陈师还把时下新事写入诗中,"每唠家常思故里,时加微信话当初"(《七十杂咏》),还有《打油一律》中的"但开双眼观波动,不让分文付水流",有趣极了。有老师告诉我,写诗关键是多念,这个"多"其实就是功夫,就是诗与诗的区别,也是人与人的区别。

老师在每个学生心中的分量都是很重的。我当过老师,现也在从事教育工作,更能体会个中滋味。有幸为陈师诗集出版写下这段文字,表达学生的一片心意,于我是很大的荣幸。谨以此文祝贺陈师!祝福陈师!

刘宇辉
2017年10月26日

写给陈坚老师

　　刘宇辉，法学博士，1986年从锦州中学考入北京大学国际政治系。曾任北京大学党委办公室、校长办公室主任，北京市委教育工委副书记，北京市朝阳区委常委、组织部长，北京市委组织部副部长，北京市委副秘书长，现任北京市教育委员会主任。

我所认识的陈坚老师

陈坚老师当我们高中班主任的时候，好像也就三十多岁。如今我们这些学生都快五十岁了。

印象中当年的陈老师清瘦、严肃，平时总是低头背手，一副若有所思的样子，不管是跟学生跟家长还是跟校长，说话时总是表情沉静，目光投向不远处，就是不直视对话的人。这种神态当时让我们这些文科生格外着迷。所以我现在也格外理解当下的年轻人评价他们心目中偶像所用的"炫酷"一类的词儿。对，陈老师当时在我们学生心目中就是一副炫酷的样子。

记得应该是高三第一学期开学典礼，照例要有教师代表讲话。这种讲话通常也都是八股文风，我们台下的学生照例也准备开各自的小差。令我们没想到的是当年的教师代表居然是陈老师，他依然还是保持着那副严肃、沉静、若有所思的样子上台。陈老师当时具体说的什么已经不记得了，只记得全然是另一番讲话风格：风趣、优美、抒情、极富感染力，兼具诗人和演说家的气质。台下的我们先是意外，接着惊讶，然后议论纷纷，后面又抑制不住地沸腾，直到最后拍巴掌跺脚，忘形地欢呼。那次开学典礼结束后，我们班的同学都是像小公鸡一样昂着头走出工人文化宫会场的，在外班学生面前我们老师长我们老师短地炫耀着走回学校。直至回到了教室，陈老师则又是以那副严肃、沉静、若有所思的样子走了进来，如往日一样平静地安排班干部、布置值日之类的工作，仿佛什么都没有发生一样。

那个年代教书没有电脑、没有投影仪、没有多媒体，讲究的是老师的言谈举止，包括板书时所形成的气场。陈老师也是从来不看学生，不管是讲课还是提问，目光总是投向不远处。他平时讲课表情沉静、语调沉稳、遣词用句干净利落、切中肯綮而又信息丰富，而讲古诗文时讲到激情难抑处，又会突然忘我地引吭吟诵，目光空远，表情寂寥。这时候的陈老师真是迷人极了。

陈老师的板书也扎实、灵动而大气。我印象最深的就是陈老师板书的句号。从小学到中学到大学，一般老师板书的句号要么潦草要么抠搜。唯有陈老师板书的句号大小适中、圆润丰盈，妥妥的就是板书的一个有机部分。

陈老师的板书对我有着深远影响，高中毕业之后直到现在，对写字好的人总是平添一份尊重，甚至连交女朋友的时候也以此为准，要是姑娘的字不怎么样，自己心里就基本放弃了。如今世间俱是"键盘侠",这份见字如晤的意蕴眼瞅着就凋零了。

陈老师做人也非常严谨,从我高中至今,从来没听陈老师说过别的老师、别的班、别的同学的闲话。同学之间关于老师与老师之间的比较被陈老师听到也总是被劝止。都说文人相轻,在陈老师那里看到的倒一直是自信、豁达和淡然。高中学习任务繁重,每日和陈老师在一起的时间可以说同跟父母在一起的一样多甚至更多。对于青春期的我们,一个好老师的言传身教实在是应了"春风化雨、润物无声"的说法,不能更贴切了。

那个时候中国教育还没有产业化,在我们文科生心目中,中国知识分子就该是陈老师这个样子:清高、骄傲,才华横溢而又甘于清流。这一点可以说对我影响至今。

那时的锦州中学是排在全省前几名的省重点高中,学校荟萃了一批老北大、北师大毕业的老师。他们学识渊博、教学经验丰富,又正是年富力强的时候。作为一位地方普通院校毕业的教师,陈老师带一个文科毕业班的压力可想而知。用老话儿说,文科班是文人扎堆儿的地方,让这些准文人服气同样也是对老师的挑战。

然而,两年生活下来,我们这帮准文人对陈老师是真真儿地服气。高考时,我们班成绩优异:全班 30 名学生考进北京大学 2 人、考进中国人民大学 1 人、考进外交学院 1 人、考进吉林大学、厦门大学、中山大学和西北大学各1人，考进辽宁大学、东北财经大学和大连外国语大学等数十人。

陈老师让我们骄傲的还不止这些。我们这一届学生大学毕业后不久，我们心目中典型的业务型人才陈老师居然成为了母校锦州中学的教务副主任，再后来，又成了锦州中学的教学副校长，再后来，又成为了锦州中学的校长！这对当时我们这些刚开始走入社会的年轻人来说，是一种极大的提振。在为陈老师高兴的同时，我们也坚信，生活不会辜负用心努力的人。

后来，陈老师退休后来到北京，成为朝阳区引进的特殊人才，以中学语文特级教师的身份，受聘于朝阳区一所重点高中任教学顾问。这段经历，陈老师在《京园余梦》中都留下了诗行。我们的陈老师在其不辍前行的人生路上一次又一次为我们这些学生带来惊喜，一次又一次为我们树立了新的人生标杆。

陈老师最近带给我们的惊喜，就是这本《京园余梦》律诗集了。这本诗集收录了陈老师自2009年到2017年寓京不到八年间的部分近体律诗，计一百四十一首。用陈老师自己的话说，是给晚年在京的时日留下些印记。我虽然受教于陈老师，但在近体律诗方面几近是个"文盲"。但这本诗集通读下来，总是能感受到气象万千而又内蕴真挚的一面。几位学中文的深谙近体诗的同学也说陈老师这么多首律诗居然都严守平水韵，无一出律，殊为难得。

当下社会人心浮躁，我们这些20世纪80年代的大学生如今也是一年读不了几本书，没想到陈老师在教书育人的同时依然坚持着当年教我们时候的习惯——习古韵、写古诗。显然，无论从学识上、人生态度上，他依然还是我们的老师。

这辈子很荣幸能成为陈老师的学生。

李京东
2017年4月22日于丰台

李京东，1986年从锦州中学考入中国人民大学。著名影视编剧、制片人。主要作品有电视剧《我们的八十年代》《厂花》（又名《女人如花》）、《中国地》《幸福媳妇成长记》《大熔炉之热血青春》《打土匪》，电影《午茶时间》《咱们的工会主席》。作品数次获飞天奖、金鹰奖。

题　记

　　己丑秋，我应邀赴京就某公学客座任。一路上，山水迤逦，天风浩荡；雄关轩邈，原野寂寥。天过未时，白日渐斜。离愁同炊烟渐起，百感共草木丛生。惝恍思睡中，一句"此去京园续余梦"的诗句竟脱口而出。于是劳困顿消，缘此遂成一律（见《赴京道中》）。这便成了《京园余梦》这本诗集名字的由来。

　　《京园余梦》共收律诗一百四十一首。多是我在京这段时日里断续的随感。其中五律廿四首，余皆七律。是按体裁及时间顺序编排的。且悉依平水韵而为（我主张写近体律诗要严守平水韵，用入声字，但语言要现代，自然通畅，质朴平实）。题中"余梦"，一曰事业上的未了情怀，二曰生涯中的剩余历程。余之教师生涯，凡四十载，殚精竭虑，无怨无悔。及至归后，意犹未尽。余热尚存，犹思续焉。意外的是，这余梦的续写竟于京都。题为"京园"，还因为我以园丁自居。"此去京园续余梦"，乃我此行之主要目的。我自入京后，续梦之余，每有感怀，多以近体律诗记之。个中缘由主要有三：一是喜欢，二是习惯，三是便捷。便捷是主要原因。所谓便捷者，即方便快捷也。身处其间，无论在何时，无论在何地，你都被那深厚浓重的京都传统文化氛围所挟裹、所感动、所浸润。那潭柘寺参天的松柏，那什刹海曳地的杨柳，那明长城断壁下的衰草，那金中都遗址上的野花，无一不打上京都的文化烙印。随便看上一眼，都使人唏嘘不已。而最令人啧啧称赏的是，即使你每每故地重游，也总有异样的发现和新的惊喜。那意境，天下之大，仅此一家；那气象，四海之内，唯我独尊。而记取这种境遇下的感怀，没有比传统诗词更合适的了。只有那完整的结构、精练的语句、鲜活的意象、古朴的韵律，才能匹配这么厚重的无处不在的文化积淀。更何况手机在身，随想随记，方便至极（我的诗作，九成以上都是在手机上完成的。写也方便，改也方便，这是另一种方便）。这也是《京园余梦》能结集的原因之一吧。

久居京都，对生活还有另外一番体味。那摩天林立的广厦，那熙攘喧嚣的街市，那雾霾缭绕的天空，那拥挤堵塞的桥洞，那早晚高峰时的地铁，那上下班时的环路……随便提上一句，都令人忧心忡忡，百感交集。也许是年纪大的原因，几年下来，我始终难以融入其间。尽管我非常享受她的文化氛围，但客居之感始终伴随着我。就医的艰难，出行的不便，更增添了几多畏难情绪。思乡之情，往往油然而生。我大半时间都躲在京西南一所寻常巷陌的小楼中一览天下。而此时驱除寂寥、遣散乡愁的最好方式，便是沉浸在平平仄仄的阅读与写作中穿越时空。与古来先贤攀谈，和诗中圣哲会面。感谢歌诗，感谢格律，陪伴我老去的时光。而这恰是《京园余梦》得以问世的又一重要原因。还有，《京园余梦》中，总飘浮着缕缕乡愁，浓浓的、淡淡的，兼而有之，呼之即来，拂之不去。其情也缘于此。顺便提及，聊以解嘲。

前面说过，《京园余梦》都是些随感。敝帚自珍，因为它记录了生活中某段时空里的真实存在与真切感受，是续梦独处过程中的真情告白。它也许有时高扬，也许有时低沉；也许有时愤慨，也许有时平和；也许有时失落，也许有时惬意；也许有时欢愉，也许有时伤悲……无论如何，它都是真情的流露，绝无虚伪，更不做作。在流行结集出版个人诗集的当下，《京园余梦》也来凑个热闹，不图流传，但得自娱自乐耳。

《京园余梦》中的每首诗后多少都有些注释。这些注释，或破解题目，或交代背景，或注明出处，或阐释内容。都是书家惯用的套格。除此，它对我还有一大功效——备忘（所以多处注释为了封存记忆，使用了繁笔）。是的，留存记忆，为了忘却的纪念！

是为题记。

陈　坚
丙申岁末

目 录

五 律

回乡杂感 / 3

初春杂咏 / 9

同窗会杂兴 / 16

怀故里居止六首 / 22

七 律

《逸马嘶风》题后 / 31

和福成步原韵 / 32

致李启文老师并转诸文友 / 34

酬杨忠弟 / 36

北海泛舟 / 37

重游青岩寺 / 39

无 题 / 40

入夏初雨 / 41

病起书怀　/ 42

八六届学子己亥元日京都聚会即事　/ 47

二十三日夜无寐至四鼓有作　/ 48

赴京道中　/ 50

都门秋望　/ 52

国　庆　/ 54

山　行　/ 55

踏　青　/ 56

柳　絮　/ 57

重读福成赠诗次其韵酬之　/ 58

题落花　/ 60

雨中过山海关　/ 62

送铁光归乡　/ 63

酬于海洲先生《密水潜鳞》见赠　/ 65

庚寅既望夜游上海世博园兼寄铁光　/ 67

九日登香山观红叶未得　/ 69

银　杏　/ 70

清明喜雨叠韵五章却寄同人　/ 71

雨中（一）　/ 76

雨中（二）　/ 77

高考在即寄炎林　/ 78

教师节联欢感赋　/ 79

九日登鹫峰兼寄铁光 / 80

元　日 / 81

寄文化 / 82

云湖论道 / 83

落　叶 / 85

九日登香炉峰 / 86

登香山双清别墅兼酬贵付诗联见赠 / 87

又寄文化 / 88

雨夜吟 / 89

留赠麻校维民 / 90

谒北京广化寺 / 91

对　月 / 93

送郭伟 / 94

寄英奇 / 96

宿东戴河山海同湾酒店 / 98

游本溪水洞 / 99

九日登古北水镇兼寄铁男 / 100

酬铁男《中秋寄语》见赠 / 101

励耘纪事 / 102

寄铁男步原韵 / 104

又寄铁男 / 108

打油一律 / 111

金中都公园怀古 / 112

沙河道中 / 115

访绍兴会馆 / 116

九日游大观园 / 119

解　嘲 / 120

雾　霾 / 121

酬谢先生诗书见赠 / 123

京中上元兼酬惠泉诗照见赠 / 124

给京东 / 125

答英奇、桂芝家宴 / 127

七一抒怀 / 128

共产党人 / 129

橄榄树 / 130

秋兴八首 / 134

送别六律 / 143

寄井泉 / 149

戏赠井泉 / 151

丙申十月国家大剧院听张火丁唱
　《江姐》（新韵）　/ 152

京城新年即景 / 153

马兰花 / 155

七十杂咏 / 158

龙潭家宴感赋兼答树森弟　/ 164

忆知青岁月次斯文《同窗赋》原玉奉和

　　诸位学友　/ 168

写在《"黑山高中老三届同学微信群"

　　满月时》兼寄绍春弟　/ 169

戏赠福成兄　/ 171

朱日和阅兵感赋　/ 173

回赠老马　/ 175

寄兆年　/ 177

冬至即事二首　/ 180

附　录　风雨世纪行　/ 187

后　记　/ 203

五律

京园余梦

回乡杂感[①]

一

一自暌离后,[①]深情愧故园。

高堂人已去,老屋姓无存。

苦乐自相忆,是非谁与论?

匆匆趁佳节,洒酒待清樽。

【注释】

① 我于1968年9月24日仓促离开家乡。算起来,在故乡一共度过了二十一年零六个月。再到这次短暂返乡,其间已是四十又七年矣。

二

山春风料峭,陵穆气萧森。①

纸蝶凌空舞,烟云接地阴。

九泉万里路,寸草百年心。

多少人间事,无言泪满襟。

【注释】

① 陵,东山公墓。祭扫那日,正逢阴天,陵内肃穆森严。

三

市里仍犹在,①人非物亦非。

帝王云欲立,②故国燕难归。

岁月空遗迹,乡关自落晖。

康桥再别后,③烟柳几暌违。

【注释】

① 市里,街心北广场,旧称老庙头。
② 从南进入北广场,迎面第一眼看到的是高高耸立的住宅楼。楼顶"帝王府邸"四个大字分外醒目。
③ 康桥,徐志摩《再别康桥》的抒情主体。这里借喻美好的记忆。

四

当年击水地,①今日尽汀洲。

旧雨林间聚,②孤云天外流。

百年同一世,万类各千秋。

浪迹何须觅,乡园非故游。③

【注释】

① 我游泳生涯的起始地——南湖。读高中时,每年的夏季午休时间,我们几个同学都从北高中长驱数里,赶到那里游泳。那里留有太多的记忆。
② 这次回乡,见到我的高中校友兼大学同窗张永君。他告诉我,在南湖堤岸的林间小路上早晚散步时,经常会遇到高中时的同学。他说话时那份怡然自得的神情,令我甚是羡慕。
③ 这次重访南湖,找不到一点儿过去的模样,南湖虽越变越美,我的心里却有几分失落。

五

村老苍颜窘,①相逢莫费猜。

残垣犹在尔,②僻壤愈悠哉。③

青帝知何去,东风唤不回。

堪怜六十载,不复旧情怀。④

【注释】

① 村,距黑山县城八里之遥的一个叫白台子的乡村,外婆就住在这个村子里。这里曾飘浮过古代的烽火,弥漫过辽沈战役的硝烟,很有故事。这里是我儿时快乐的生长地。这里的一山一水、一草一木都写满了我的记忆,留有我的足迹。
② 当年南园的墙基、村头的石碾竟然还在。
③ 当年的戴、张、郝、贾等大户人家,早已不在,荡然无存。一片沉寂,些许苍凉。
④ 童年留下的美好记忆,一直埋藏心底,六十年来未曾忘记。而经此番际遇,儿时情怀,全然破碎。尘世间,有些尘封的记忆是不能开启的,一些逝去的踪迹是不能寻觅的。

六

琐忆杯盘后，促膝灯火前。①

落花失所地，飞雪断肠天。

赤脚乡间路，孤魂墟里烟。

十年家国事，岂止梦绵绵？

【注释】

① 饭后与三弟闲聊，追忆往事，几多悲欢，不胜唏嘘。

❶ 乙未清明，回乡祭扫后，在妹妹的陪同下造访了留有当年深刻生活印记的旧地。故居、母校、街头、巷尾、南湖、北沟……故址犹存，依稀可辨；风情不再，换了当初模样。寻访遗迹，是为找回尘封的记忆，那记忆应该是温馨的、幸福的、亲切的、快乐的。然而，当你面对过去不再、陈迹无存的现实时，你才知道大多记忆是无法还原的。找回的也许是失落，也许是忧伤。别了，我儿时的乐园，我青春的伙伴。我挥一挥衣袖，不带走一片云彩。

初春杂咏①

一

细叶裁新柳，遒枝著早梅。

蛰虫破土出，语燕衔泥回。

七十年华近，三千桃李开。①

东风来有信，无处不花媒。

【注释】

① 三千，借弟子三千之意。非实指，暗喻教师身份。

二

京西三月里，①乍暖尚寒时。

料峭风犹劲，零星雨亦奇。②

春潮听涨落，时序看轮移。

万物复苏节，更新待有期。

【注释】

① 我住在京西二环外天伦北里小区。
② 北京的春天，干旱少雨，且经常刮风。夹杂着沙尘的六七级大风，一光顾就是三天。然而，当"风三"过后，便是艳阳普照，晴空万里，春和景明，尽收眼底。这是北京初春独有的特色，不可不书。

三

廊桥通曲径，一水隔东西。①

曙色拂旌帜，暗香漫柳堤。

寒苞休蝶舞，早树待莺啼。

千古中都地，而今桃李蹊。

【注释】

① 一水，即护城河。廊桥建在古宣阳桥遗址处，西岸接古金中都南门遗址，现辟为金中都公园。

四

烟净云天阔,窗晴一鉴开。①

清心除寡欲,浮世去纷埃。

唐宋凭穿越,山川任往来。②

书香浓似酒,沉醉不需杯。

【注释】

① 一鉴开,借用宋·朱熹《观书有感》诗中句:"半亩方塘一鉴开",这里专指读书。
② "唐宋"与"山川"对举,意在写时空的转换,穿越时间,往来天地。

五

草树斜阳巷，寻常百姓家。

门庭罗闹雀，树杪唤归鸦。①

雨雪风霜雾，油盐酱醋茶。

何须依北斗，苦乐自京华。②

【注释】

① 寓所所在的天伦北里小区内环境素雅幽静，灌木丛生，槐树成林；青松翠柏，绿柳白杨。麻雀三五成群地在地上觅食，羽色黑白相间的喜鹊时而在林间穿越。人鸟共处，自然和谐。
② 此句翻用杜甫"每依北斗望京华"句。杜甫当年尚须依北斗而望京华，我现在就居住在京华，虽苦乐相伴，自豪感亦油然而生。

六

客梦春中短，孤云天外闲。

文章懒试水，①平仄喜看山。②

雁阵挥师返，蜂衙带仗还。

长街又夕照，能不望乡关？

【注释】

① 文章试水，写试水文章。这是语文教师指导学生作文时，经常写示范文章的一种做法。也是语文教师应具备的一项基本功。这里是说很久不动笔写文章了。
② 平仄，双关。这里亦喻律诗。

【注释】

❶ 此组诗写于乙未三月。北京的春天似乎来得较早。阳春三月，滨河两岸已是柳叶泛黄，松针沾翠，桃花绽红。暖暖乎乎，蓬蓬勃勃。虽然色彩不多，比不上江南草长、杂树生花、千里莺啼般绚丽，却也东风万里，一派生机。比起故乡的春色要早过月余，胜过十分。北京的春天也似乎来得突然，昨天走过河边还没有什么感觉，今天突然间发现堤岸上的柳梢却已嫩芽点点，远远望去，一片鹅黄。蓦然回首，大观园西南墙角上几枝粉红的桃花枝已在向路人频频点头致意。这初春的景色，深深地烙印在心头，不能释怀。某一日，收到庆森在微信中发来的描写家乡东湖春晓的律诗，一下子触发了心中积蓄已久的春望，于是，这六首《初春杂咏》便一气呵成了。还要提及的是，北京的春天似乎也特别短。短到你还没有来得及去领略她的魅力，她便悄然逝去。记得有一年一家报纸4月23日报道"迟到的春色"，5月3日又报道"最后一抹春色"。"春脖子短"是老北京人对春天形象的说法。周作人在《北平的春天》里说："春天似不曾独立存在，如不算他是夏的头，亦不妨称为冬的尾，总之……刚觉得不冷就要热了起来了。"郁达夫也有过"春来也无信，春去也无踪，眼睛一眨，在北平市内，春光就会同飞马似的溜过"的评价。正因如此，北京的春就显得格外珍贵。不管怎么说，比起夏的酷热、秋的烂漫、冬的寒冷来，春的和煦还是我的最爱。是的，一年四季，我还是更爱北京的春天。啰唆这些，就是想封存对北京的春的记忆。

同窗会杂兴

　　丙申清明,黑山老一高中1966届三年级四班部分同学在张福成热忱相邀下,于分别四十年后聚会于黑山第一大酒楼。

一

今夕校园月,恍如梦里逢。①

寒窗询故友,②春柳放新容。

斑驳花间影,依稀尘外踪。

匆匆一别后,水复更山重。

【注释】

① 同窗聚会的前一晚,我独自一人漫步在黑山高中的校园里,任晚风撩发,趁月色朦胧。
② 我仔细地寻找当年的教室,终未见到踪影。

二

卅载暌离久，初逢相辨难。①

翻疑嫌语塞，②转笑掩鼻酸。

世事一言蔽，沧桑两鬓看。

无须问寒暖，直欲道悲欢。

【注释】

① 有些同学要不是报上姓名，就真的认不出来了。
② 翻疑，"翻"同"反"，反而怀疑。唐·司空曙《云阳馆与韩绅宿别》诗中句："乍见翻疑梦，相悲各问年。"此处意为因怀疑而语塞。

三

一坛春酒绿①,次第举杯频。

侃侃声如旧,谆谆话亦亲。②

生途何苦乐,家道各悲辛。③

多少人间事,都垂我辈人。

【注释】

① 何自文从大连带来一大瓶当地名酒。
② 石玉章话语铿锵,耿贵祥祝词绵长。
③ 席上赵凤林尽叙家道屡遭不幸之情景,引得满座唏嘘,唉声时起。

四

酒过三巡后，一一促膝时。

闻鸡聊共舞，逐鹿话分驰。①

老去凭谁问，别来唯自知。

天涯咫尺路，后会有心期。②

【注释】

① 临考那年冬天，我在何自文家住了一个寒假。我们每天晨起跑步，日习功课。"文革"初期，我与耿贵祥在月光下的篮球架下相约后会有期，决绝分手，各站一派。此句应为"聊闻鸡共舞，话逐鹿分驰"。
② 心期，内心的期待与约定。唐·李商隐《七月二十九日崇让宅宴作》诗句："岂到白头长只尔，嵩阳松雪有心期。"

五

壶中乾坤转,天外浮云收。

江柳牵离绪,乡桥载别愁。

相邀频执手,催发屡凝眸。①

岁岁清明日,还来就此楼。

【注释】

① 与蒋振家、李光等话别场景。依依惜别,匆匆而去。人世间的聚散,大抵如此。

五律

六

关山纵目初，落照满归途。
春色时深浅，风声渐有无。
荣枯同命运，聚散各江湖。
一代老三届，①名垂万世殊。

【注释】

① 这是一批1966届高中毕业生，与1967届、1968届初、高中毕业生一起称为"老三届"。在中国的教育史上，在中国的历史上，他们绝对是一批特殊的群体。虽不是英名，但可垂万世。记住他们：中国的"老三届"！

怀故里居止六首[1]

一

离去何匆促,归来已太迟。①

老家销往迹,新厦挺威仪。

羁鸟泣桑梓,②哀鸦吊故枝。

满目悲生事,平居有所思。③

【注释】

① 我自上山下乡后,及至再返乡时,已十余年,故居荡然无存矣。
② 羁鸟,取自陶渊明"羁鸟恋旧林"句。
③ 两句均选用杜甫诗句。

二

老庙街头北，洋楼墙院东。①

纸窗敲夜雨②，陋室滤晨风。

嬉戏呼同伴，听书乞老翁。③

后园百草地，绿紫映嫣红。④

【注释】

① 老庙头，是故乡的一个中心广场，也是最热闹的地方。洋楼，是西方传教士建的一座天主教堂，主体为哥特式建筑，为黑山标志性的建筑，后成了一所炮兵学校的驻地。洋楼和我就读的黑山北关小学只有一墙之隔，课余和放学后我们经常翻墙而入，到洋楼里游玩。这里也盛满了儿时欢快的记忆。

【注释】

② 花式的窗棂上糊着一种特制的丝棉窗纸，记不清叫什么名字。糊好后在纸上掸上些豆油，很结实。雨点淋在窗上，就像不间断地敲打着的乐鼓，听起来别有一番风味。

③ 故居是一座四合院。东厢房住着一户张姓人家。主人是一位饱读诗书的长者。儿时经常听他讲《聊斋志异》里的故事。他在临终前，把那本读了一辈子的《聊斋志异》的善本，送给了我。其时，我才上小学三年级。这便是我读古典的开始。尽管那时我还懵懂。特别值得一提的是，他的女儿是我的老师，按辈分我管她叫大姐。人长得很漂亮，二十岁出头，亲切温和。从我六岁起，她便带着我在她班里读书。朝夕相伴，形影不离。她是我人生的第一位启蒙老师。想起她，就热泪潸然，情不自禁。记住她的名字：张继嗣。写在这里，以为纪念。

④ 我去过鲁迅笔下的百草园。我家的后园和鲁迅的百草园大小差不多，前面长满花草，后面种蔬菜庄稼。

三

墙上爬山虎，垄头捉地龙。①

摘花捋柳眼，扑蝶斗黄蜂。

夏至凉荫爽，夜来香气浓。②

一园撷野趣，处处是童踪。

【注释】

① 后园西墙下有一堆石丘，直接西房后檐，石丘上长满了爬山虎（其实是牵牛花，小时候都叫它爬山虎）。夏日的清晨紫红色的喇叭花带着露珠竞相开放，美丽至极，是园中经典记忆之一。
雨后，垄头上蠕动着许多油光紫亮的蚯蚓，生机一片。小伙伴们手持荆条，驱赶着先后赶来的母鸡，一派英雄气概。
② 后园正对屋后门的小花园中种有夜来香，每到傍晚，缕缕馨香，阵阵袭来，沁人心脾，潜入梦乡。

四

诗书传家久,旭日满门庭。①

紫竹随心奏,摇篮入梦听。②

闻鸡披晓月,逐鹿带春星。③

风雨飘摇后,孤灯任自青。④

【注释】

① 老屋是四合院中的正房,当地人习惯称为"上屋"。坐北朝南,居东,向阳门第。
② 紫竹,即《紫竹调》,是我学笛子时经常练习吹奏的一支曲子,曲谱是父亲让剧团里的笛子演奏员小闫抄给我的。摇篮,即《摇篮曲》。我家里屋房梁上,挂着一只摇篮,我就是在这个摇篮里长大的。
③ 初三时,在老屋内外备考的情景。
④ "文革"中,我家随"五七"大军走"五七"道路,老屋被一家亲戚住了。

五

栖息十年事，伶俜百岁心。①

持家嫌梦窄，护院怨春深。②

霜雪盈衰发，烟尘满渍襟。③

外婆恩义重，能不忆容音？④

【注释】

① 外婆只身来我家二十余年，八十余岁始回乡下老家。
② 外婆时而有些牢骚和抱怨。
③ 外婆经常系着一件因随时擦手而浸满污渍的围裙。
④ 我们四兄妹都是外婆一人拉扯大的，外婆于我家厥功至伟。

六

高堂乘鹤去，弟妹各春秋。①

归梦无由寄，羁心未可收。②

人生多聚散，世事亦沉浮。

依旧青山在，江河万古流。

【注释】

① 父母于1973年和2007年先后去世，弟、妹也天各一方。
② 羁心，旅思。明·刘基《望孤山作》诗句："羁心霜下草，生态水中萍。"
❶ 此组诗写于丙申仲夏。我在金中都公园寻访金中都遗迹，在凉亭休息时，不禁想到了故里，拿出手机，遂成六首。

七律

京园余梦

《逸马嘶风》题后[1]

何处飞鸿踏雪泥?

天涯漂泊任东西。

征帆已逐蓬山远,

落棹又随湘水低。

杯酒入唇伤百感,

云烟过眼话千题。

劫波历尽元无悔,

只是当年恨鼓鼙。

【注释】

[1] 丁亥既望,我为福成诗集《逸马嘶风》作序后,意犹未尽,遂成此题。"悲欢满纸何由寄,碧海青天夜夜心!"本诗的前四句写给福成,后四句兼说给自己。

和福成步原韵[1]

一

侪辈诗华半属君,

千锤百炼又陶熏。

瓜藤柳叶牵思绪,①

稻影芦花惹韵文。②

塞北风云凭叱咤,

海南烟雨借耕耘。

尽将坎坷磨毫底,

洒处洋洋墨吐芬。

【注释】

① 福成在农村种过瓜,其间有诗句云:"敢将瓜甜调世味"。
② 福成在盘锦种过稻,其间《中秋盛事》诗中有句云:"稻影芦花逐逝波"。

二

出水芙蓉风骨新,

诗文耿耿耀星辰。

豪情长放鸣心志,

睿语时出警世人。

有刺红梅香四野,

无华碧草秀三春。

自成一管生花笔,

蘸尽真情写自身。

【注释】

❶ 福成,张福成,著名诗人。有《逸马嘶风》诗集传世。我与福成是高中求学时的同窗挚友。1966年于黑山高中毕业后,又同经两年"文革"。五载的"厮磨"让我们视彼此为知音,契若金兰。

致李启文老师并转诸文友❶

小楼家宴设良辰，

真情缕缕散馨温。

一碗玉粥抵玉馔，①

两盘山菜胜山珍。②

借茶细品兰亭序，

把酒漫吟陋室文。

醉里不知身是客，③

只缘同谓教书人。

【注释】

① 玉粥，主人亲自熬制的八宝粥，香甜可口，是家宴的主题。
② 山菜，从山上刚采下来的新鲜椿树芽，清新扑鼻，是家宴的特色。
③ 醉，陶醉，非酒醉也。
❶ 李启文，本溪高中语文特级教师，精英翘楚，热情好客。本诗是辽南协作校语文命题组在本溪高中结束春季命题后，应李老师之邀，赴李老师家宴有感而作，只为纪念，没有寄出。三十多年过去了，余韵虽歇，回味犹长。重新整理，归入此集。诗用新韵。

酬杨忠弟[1]

遥谢同乡主晋秦，

锦心绣口一时新。

滔滔情涌三江水，

朗朗声惊四座宾。

答友酬亲诗伴酒，

鸣鸾和凤曲成春。

良辰此设开新面，

贯耳声名不负君。

【注释】

[1] 杨忠，原锦州一高工会主席，才华横溢，口才极佳。本诗是在他为女儿主持完答谢婚宴后，返京时作。只为感谢，并未寄出。此诗由于尾句不能动，所以只好用了新韵。

七律

北海泛舟

六十年间几许期?①

泛舟北海我来迟。

岸边已傍墙阴走,②

水面更看塔影移。③

圆梦寻思追梦日,

听歌联想学歌时。

痴儿了却少年事,④

双桨一荡任由之。

【注释】

① 我自小学一年级看《祖国花朵》至今，整整六十年。当年少年儿童在北海荡舟的情景深深地烙印在记忆深处，时时萦绕在少儿梦中。北海荡舟，便成了一种未了情结。《让我们荡起双桨》更成为我心中永恒的旋律，经久不息，历久弥深。因为这也是对自己少年幸福生活的回忆。岁月留声，情怀永存。

② 墙，红墙，情结的符号。

③ 塔，白塔，记忆的代码。

④ 痴儿，借用欧阳修"痴儿了却公家事"之意。

重游青岩寺

枫枝摇曳菊初黄,

圣地重临感物芳。

山舞凤冠出静域,①

阶飘玉带入佛堂。②

钟声云外逐晴暖,

香火山中驱寂凉。

十里村街留客驻,

紫烟弥漫果珠香。③

【注释】

① 原山门的牌楼上书有"天开静域"四字。
② 据说通往歪脖老母的台阶有1008级。
③ 这里是东北葡萄的主要产地,从山上下来,弥望的是千顷碧波,风吹过处,紫浪翻腾。此乃青岩胜地的另一番景象,不可不书。

无 题

别时容易聚时难,
咫尺天涯两地间。
锦水忍看成灞水,
乡山敢问是蓬山。
蚕眠北国丝犹韧,
烛剪西窗泪愈潸。
始信东风应有讯,
桃花园里迓春还。

入夏初雨

七律

西园昨夜几枝空,①

芳冷香消一梦同。

积水潭中愁鸭绿,

落英蹊下怃猩红。

绕檐尚见零星雨,

撩发犹闻料峭风。

又是一年花事了,

春来春去两匆匆。②

【注释】

① 西园,北京西南二环路东的带状公园。
② 北京的春季短。据说平均为56天,多则两月,少则月余。老北京人戏称北京"春脖子短",可谓来也匆匆,去也匆匆。

病起书怀[1]

一

夕阳吹角动忧端,

怀远伤高怯倚栏。[1]

病骨支离潘鬓短,[2]

衰颜憔悴沈衣宽。

书中事业知难继,

笔底情怀揽未安。

若许从今归去后,

凌川便是子陵滩。[3]

【注释】

[1] 怀远伤高,借用范仲淹《岳阳楼记》中"居庙堂之高则忧其民,处江湖之远则忧其君"一句。
[2] 病骨,腰椎间盘突出症。每次犯病,需卧床3~7天。
[3] 借用子陵滩典故,非言隐居,实谓养老之地也。

二

入寐时难醒亦难,①

无眠永夜未曾安。

人无缱绻情千结,

心有纷纭事万端。

病榻闲长偏梦窄,②

人生苦短却春宽。③

客中岁月匆匆过,

濩落生涯枉自叹。④

京园余梦

【注释】

① 醒,醒时。醒时胡思乱想,卧床难起,亦难矣。
② 梦窄,梦短。这里引申为好事无多,心情不佳。
③ 春宽,春色无边。"春宽梦窄",见宋代吴文英长调《莺啼序·春晚感怀》中句:"倚银屏、春宽梦窄,断红湿、歌纨金缕。"
④ 濩,音读 huò,濩落即"瓠落",大而空廓貌,瓠就是葫芦。《庄子·逍遥游》:"魏王贻我大瓠之种,我树之成而实五石。以盛水浆,其坚不能自举也。剖之以为瓢,则瓠落无所容。"大意为:"魏王赠给我一种大葫芦的种子,我种下它后结出的葫芦能有五石的容量,用来盛水这种葫芦就会破裂;把它剖开做成瓢,却空荡荡的什么也不能盛。"言其大而无用。

三

春花秋叶等闲看，

六十浮生指一弹。

蜡泪潸潸珠有尽，

琴心扰扰曲无澜。①

声名不必传身后，

功业何须留笔端。

若说生涯元是梦，②

可堪梦亦渐阑珊。

【注释】

① 张中行《桂殿秋》句："门里屏山门外路，蜡泪琴心两不知。"
② 李商隐《无题》句："神女生涯元是梦"。

四

一川东去水漫漫，

堤草青青好踏看。

病起兼旬闲阅柳，

春深四月好辞官。①

人生得失殊难料，

事世沉浮须静观。

风物犹长宜放眼，

老来天地赖心宽。

【注释】

① 辞官，辞官身。"痴儿了却公家事"，无官一身轻。何其好也！

❶ 诗写于己亥四月。

八六届学子己亥元日京都聚会即事

二十三年别后花,

元春夕拾聚京华。①

云开紫陌桃千树,②

星落皇城灯万家。③

欲说当年须进酒,

畅谈今夕好分茶。

乡音未改人犹是,

情也无涯生有涯。④

【注释】

① 夕拾,一是借用鲁迅朝花夕拾意,二是交代聚会在晚上。
② 在京的历届锦中学子远不止千人。
③ 聚会是在晚上,酒店住宿是李恩纯安排的。
④ 应是"生也有涯情无涯"。

二十三日夜无寐至四鼓有作❶

参横斗转四更初,

素壁清辉伴故居。①

满架诗书空寂寞,

一窗花草自萧疏。②

几多尘迹渐湮没,

些许蛛丝待扫除。

何处荒鸡乱啼咽,③

吾庐破晓复何如?④

七律

【注释】

① 素壁，白色墙壁。唐·许浑《早发中岩寺别契直上人》诗："素壁寒灯暗，红炉夜火深。"清辉，月光。
② 客厅前窗台上摆满了兰花和香草，它们怕是要"寂寞开无主"矣。
③ 大半夜的真的竟有邻家的鸡叫，我不禁想起鲁迅的"谏听荒鸡偏阒寂"的诗句来，更凭添几分寂寥。
④ 故居的使命亦将结束，前途如何，后续何如，暂莫能知。
❶ 诗写于己丑岁初，余即将负箧入京就客座任。对老屋亦是深怀依依惜别之情耳。

京园余梦

赴京道中 ❶

谁教匹马度燕山？①

千里鞯烟百丈关。②

西指吟鞭秋瑟瑟，③

东来游子发斑斑。

已归离雁江湖外，

又入扁舟天地间。

此去京园续余梦，④

峰回路转任消闲。⑤

【注释】

① 匹马，只身。
② 路程千里，雄关百丈，既写实况，又是对前路艰难险阻的一种揣度，写心境。
③ 吟鞭，诗人之鞭。这里借用龚自珍"吟鞭东指即天涯"句意，来表离别伤怀之情。
④ 直吐心声，告白真情。余梦，既喻事业上的未了情怀，又指生涯中剩余历程。
⑤ 看似消闲，并不轻松。
❶ 此诗的写作时间及背景，在题记中均有交代。在我人生的途路中，这首诗应该是我退休后开启另一段生活的一个里程碑，是京都生涯的开始。

都门秋望[1]

何事啼蛩唤不停?①

声声入耳客心惊。

苍烟渐向乡关散,

紫塞遥从天际横。②

怅望停云思旧雨,③

忍听归雁续新声。

乡愁前路知多少?

问罢山程问水程。

【注释】

① 蛩，蟋蟀。唐·吴融《西陵夜居》诗："尽夜成愁绝，啼蛩莫近庭。"
② 紫塞，长城。《古今注·都邑》："秦筑长城，土色皆紫，汉塞亦然，故称紫塞焉。"此句乃想象中语，在都门看不到长城。
③ 旧雨，故友。典出《全唐文》卷三百六十《杜甫二·秋述》："常时车马之客，旧，雨来；今，雨不来。"意为平时的宾客，过去的，遇雨也来；现在的，遇雨不来。后以"旧雨"为老友代称，这里引申为故乡。
❶ 这是入京后的第一个秋天，难免流露出淡淡的乡愁。都门，指永定门附近。

国　庆❶

卿云紫气绕檐生，①

秋色斑斓满帝京。

落旭长桥横练带，

斜阳深巷染旗旌。②

华灯夜放花千树，

金水日倾酒万觥。③

十月逢辰同国庆，

八方琴瑟共和鸣。

【注释】

① 卿云，祥瑞之云。古《卿云歌》："卿云灿兮……"
② 国庆期间，北京的长街里巷，到处都插着五星红旗。
③ 金水，金水河之水。此句乃想象中语。
❶ 这是入京后的第一个国庆。在祖国的首都欢度国庆，与以往的感受就是不同，仿佛在祖国的身边为之庆生，自豪感油然而生。

山 行❶

迢递关河入眼青，

东风伴我作山行。

花光的历迎稀客，①

柳色依微放晓晴。

欲览名川寻胜地，

更圆余梦慰平生。

一枝筇杖谁人会，②

紫陌红尘出帝京。

【注释】

① 的历，光亮，鲜明貌。唐·虞世南《咏萤》："的历流光小，飘飘弱翅轻。"
② 筇仗，筇竹杖。唐·许浑《王居士》："筇仗倚柴关，都城卖卜还。"
❶ 这是入京后第一次出游，此行的目的地是京西门头沟东南一带的名山古刹，主要是潭柘寺、戒台寺。此诗主要写出游的心境，难得的片刻逍遥。

踏　青[1]

水色迷离柳色新，

踏青堤畔草如茵。

虽无戏蝶深深见，

却有啼莺恰恰亲。

自在羡它云外燕，

流连忘我世间人。

东风十里滨河路，

看取飞花又一春。

【注释】

[1] 这是入京后第一次踏青，但已是入京的第二个年头。地点在北京西南滨河路带状公园旁。

柳　絮❶

一自乘风下翠微，

便将离恨逐春归。

已抛肝脑同流水，

更委心胸对落晖。

天地轮回唯寂寞，

风光流转独暌违。①

匆匆了却今生事，

来岁依然化蝶飞。

【注释】

① 风光流转，取自杜甫《曲江二首》中诗句："传语风光共流转"。

❶ 题目是柳絮，其实写的是杨絮。小区的大门外有两株几十年的老白杨树，枝繁叶茂，老而益壮。每到春末夏初，飞花无数，漫天飘舞。对杨花柳絮，早已司空见惯，唯独这两株老杨却引发了无限遐思……

重读福成赠诗次其韵酬之[1]

一

华章终日展芸窗,①

往事成灰情未亡。

怅卧乡间烟缈缈,②

行吟泽畔雨洋洋。③

劫波共渡十年恨,

翰墨同研五载香。④

无端梦断华年里,

剑气琴心已浩茫。

【注释】

① 芸窗,书斋。
② 此句写自己。
③ 此句写福成。
④ 此句联合写二人。

二

笔底云烟各短长，

淋漓墨气尽芬芳。

三千竹叶经春暖，①

十万荻花傍晚凉。②

赤血满腔燃大漠，③

黑山一赋动乡疆。④

流年往事知多少，

百味人生耐品尝。

【注释】

① 福成诗有"酒尝华夏三千里"句。
② 福成诗有"稻影芦花逐逝波"句。
③ 福成诗有"血火满腔燃大漠"句。
④ 福成的《黑山赋》在家乡产生了广泛影响。
❶ 诗写于庚寅夏日。

题落花①

伤心已是近高楼，①

何况前溪逐水流。②

风雨夜来惊绮梦，③

山河春望入边愁。④

参差曲陌情何以？⑤

零落尘泥香自留。⑥

传与风光共轮转，⑦

任凭诗笔写春秋。⑧

【注释】

① 取自杜甫《登楼》诗："花近高楼伤客心"句。
② 取自古乐府诗《前溪曲》："花落随流去，何见逐流还"句。言去者难留，逝者无还。
③ 取自孟浩然《春晓》诗："春眠不觉晓，处处闻啼鸟。夜来风雨声，花落知多少。"

【注释】

④ 取自杜甫《春望》诗："国破山河在，城春草木深。感时花溅泪，恨别鸟惊心。"边愁，指安史之乱。
⑤ 取自李商隐《落花》诗："高阁客竟去，小园花乱飞。参差连曲陌，迢递送斜晖。"
⑥ 取自陆游《卜算子·咏梅》词："零落成泥碾作尘，只有香如故。"
⑦ 取自杜甫《曲江二首》诗："传与风光共流转，暂时相赏莫相违。"
⑧ 诗笔，诗人之笔。

❶ 古往今来，写落花的诗不胜枚举，且多是抒写惜花之情。我对落花亦别有滋味在心头。某种意义上说，落花是青春的伴侣，花落则青春逝，自然规律也。但青春犹在，花却凋零，岂不更令人扼腕长叹？花诚如是，人亦若何？"流水落花春去也，天上人间"，李后主是有切肤之痛的。"无可奈何花落去"，我每每不敢直面落花。今借古诗人咏花之句，题写落花，偶一为之，岂敢再笔！其中杜甫《登楼》《春望》是借落花写国难家恨，抒愁苦悲愤之情；李商隐《落花》与陆游《卜算子·咏梅》皆借落花写人喻己，发孤高悲惋之叹。由花见人，这是咏物诗的典型格局，我题落花，亦如是也。诗写于庚寅暮春落花时节。

京园余梦

雨中过山海关[1]

山海空濛漫寂寥,

雄关西出只身遥。

离愁浩荡云飞絮,

意绪飘忽雨打潮。

欲上京中就客座,①

即从塞外别乡桥。

老骥不知伏枥晚,

犹能千里向风飚。②

【注释】

① 客座,招待客人的房间,后成为一种敬称。如客座教授、客座教师。我以特级教师的身份被聘为客座顾问。
② 向风飚,与杜甫"故山归兴尽,回首向风飚"句意同。
[1] 诗写于庚寅夏初。返乡住了几日,返京途中遇雨,冒雨前行,过山海关时有作。

送铁光归乡①

来无音影去匆匆，

紫禁城边碧水东。①

疏柳看怜秋后叶，

寒蝉听怯晚来风。

英年有误付流水，

华发无情逐转蓬。

湖海从今一为别，

乡关何日待重逢？②

【注释】

① 北京东直门。
② 期待重逢,仍未重逢。

❶ 诗写于庚寅秋日。一天,突然接到福成电话,告诉我杨铁光来他家且马上要走,叫我直接赶到顺义的一家酒店,为铁光送行。饯行毕,我和铁光一道返回,出东直门公交站分手后,各奔南北。走过几步,我回头望了望铁光匆匆远去的背影,那背影既从容又匆忙,突然间,一种莫名的感觉袭上心头。我说不出来,更无法形容。从铁光的背影我似乎看到了我们这代人渐行渐远的一生。而这一生,此刻即可用两字来概括:奔波。是的,我们都在奔波,我们仍在奔波,华发无情逐转蓬。回来的路上,心里颇不平静,遂成此律。

铁光,杨铁光。中国作家协会会员,著作等身。我和铁光同乡,并未同窗。中学时读过他公开发表的《山啊,山!》一文,算是神交。

酬于海洲先生《密水潜鳞》见赠❶

人生何处不栖身？

密水京波卧锦鳞。

沈约宵衣日渐缓，①

兰成丽赋晚尤频。②

湖边烟草接蹊径，

海畔云帆济大军。

留得当年情味在，

又看学子出公门。

【注释】

① 渐缓，渐宽。清·王国维借宋·柳永《蝶恋花》词中"衣带渐宽终不悔"句，来说明做学问的一种锲而不舍、坚毅执着的境界。此句将其与"沈约腰细"的典故杂糅在一起，表达的也是这种做学问的态度。

② 兰成，庾信之小字。杜甫《咏怀古迹》五首中有云："庾信平生最萧瑟，暮年诗赋动江关。"于先生晚年著述颇丰，诗赋频出。

❶ 我和于海洲先生只有一面之交，是在顺义福成设宴的一家酒店里。于先生人非常朴诚。若不相识，你绝不会知道那素朴随意的衣着里裹着的竟是满腹诗书与才华。见面后他递过一张名片。其时只顾寒暄，没有细看。回到家中，才发现名片后有一首七律诗《密水潜鳞》。遂赋此诗。后来于先生把这首诗发表在由他任执行主编的《中国诗赋》的创刊号上。其待人之热诚，是我没有想到的。

于先生写诗用中华新韵，此诗步其原韵。

庚寅既望夜游上海世博园兼寄铁光❶

一　浦东世博园

满园珠玉衬灯红,

疑是繁星落碧空。

白袷衣飘人海内,①

紫薇花映水云中。

环球风物亲殊异,

城市情怀揽大同。

万国今宵共此刻,

瑶光璀璨月融融。

【注释】

① 白袷衣,即白夹衣。唐人以白衫为闲居便服。李商隐《春雨》诗有"怅卧新春白袷衣"句。一说,白袷衣为士服。此处自指,恰好此时我亦穿着白衬衫,更是闲人一个。

二　夜航浦江

一江秋水半江红，

两岸灯光不夜空。

如醉如痴三界外，

亦真亦幻九霄中。

潮平风正吟怀共，

月朗星疏乡梦同。

侪辈老来逢盛世，

河山俯仰气浑融。

【注释】

❶ 庚寅中秋期间，我在上海世博园收到杨铁光先生用短信寄来的词一首，没有当即回复。后于夜游浦江时，成此二章，兼寄铁光，也没有寄出。

九日登香山观红叶未得

七律

草木深深一径开,

黄栌紫竹绕阶回。①

崖边秋色已半壁,

岭上夕晖才满怀。

云里不知身是客,

人间难得此登台。

心花已共山花放,②

红叶何须待剪裁!

【注释】

① 黄栌树叶秋季变红,称香山红叶,号称"十万黄栌尽染"。据说是清乾隆年间栽植的,距今已有200多年历史。可惜此次来,黄栌尚未红遍。
② 山花,野菊花。下山的路上,看到野生的菊花竞相开放,心情也渐转快哉!

银 杏

京西北郊凤凰岭龙泉寺前有雌雄银杏二株,已逾千年。秋霜渐起,满树镏金。亭亭似盖,震慑人心。

一从执手缔良缘,

便向青天试比肩。

万里云烟同叱咤,

千秋钟鼓共缠绵。

人情冷暖观兴替,

世态炎凉识变迁。

不发山盟和海誓,

只依凤岭与龙泉。[1]

【注释】

[1] 龙泉寺,位于京西凤凰岭山脚下,是一座汉传千年佛教寺院。现因有众多高学历人才在此出家为僧,被誉为红尘之外的"清华北大分校"。现由中国佛教协会主席学诚法师任方丈。

清明喜雨叠韵五章却寄同人❶

一

清明小雨韧如丝，

入夜当春发几枝。

洒洒潇潇花不语，

淅淅沥沥柳先知。

香飘北国情犹在，①

绿遍东方志未移。②

破浪乘风今日事，

正当水涨船高时。

【注释】

① 北国，指朝阳区。
② 东方，指东方德才学校。

二

佳期如约雨如丝，

桃李春风露满枝。

况味虽新却旧雨，

情怀依旧但新知。

潮头犹听风雷动，

天外还看斗柄移。

际会风云应有日，①

出闱不负入闱时。②

【注释】

① 际会风云，指一些学校第一次模拟联考。
② 出闱，高考；入闱，备考。

三

万家烟树雨丝丝,

玉液琼浆缀满枝。

劳苦无求滴水报,

殷勤唯有寸心知。

投桃由任容颜改,①

倚竹凭教月影移。②

应是春潮来有讯,

东方正待启明时。③

【注释】

① 投桃,喻指献身教育事业。
② 倚竹,取自杜甫《佳人》诗:"天寒翠袖薄,日暮倚修竹。"以修竹之高标劲节,喻爱岗敬业之节操。
③ 语意双关,祈盼东方德才学校迎来新的黎明。

四

晚风斜雨柳斜丝，

续梦仍需借一枝。

笔墨生涯寻常见，

书生抱负几人知。

吟怀不苦诗难好，①

客座虽闲志未移。

明日放歌须纵酒，

举杯却话戒杯时。②

【注释】

① 欧阳修说："诗人'穷而后工'。"
② 戒杯时，喻废寝忘食、艰辛的备考历程。

五

沐雨栉风鬓有丝，

又看桃李竞芳枝。

春江水暖鸭先到，

露畹兰多蝶自知。①

衣带渐宽终不悔，

情怀即老也难移。

新征安得传佳报，

再话东园寄语时。

七律

【注释】

① 东方德才学校的老师，勤恳工作，无私奉献，默默无求，兢兢业业。我曾把他们喻为东方校园中的兰草，质朴无华，清香四溢。它不是一棵，而是一群，是一大群体！

❶ 清明节期间，我参加东方德才学校高三年级组备考工作。其时，正值几校模拟联考。清明佳节带着丝丝细雨，如期而至。时雨春风，是我们教育界对教师工作的一种美喻。异地他乡，京师故都，又重温旧怀，其中况味，喜极而思则矣。遂凑成五律，聊叙一时心境罢了。

雨中（一）[1]

缁衣如洗眼迷离，

堤草青青岸柳齐。

春色九重花自落，

溪声十里鸟空啼。

飞鸟点点巢危穴，

语燕唧唧争紫泥。

天地苍茫浑似梦，

一身烟雨任东西。

【注释】

[1] 诗写于辛卯春末。北京春季少雨，好不容易逢一场春雨，索性漫步其中，一任雨淋。

雨中（二）

十丈愁城怎解围？

雷声隐隐雨霏霏。

犹闻晓战随金鼓，①

似见江楼坐翠微。②

万事蹉跎空自艾，

一年匆促又春归！

云阴自有云开日，

不信人间总愿违。

【注释】

① 幻听，听雷声，想到李白的诗句。
② 幻觉，看雨情，想到杜甫的诗句。

高考在即寄炎林[1]

频年纵马未离鞍,

啸络吟鞭非等闲。

已为争春布夜雨,

更将废寝忘朝餐。

功名本在土尘外,

云路原于山海间。①

但得新征驰捷报,

东园煮酒犒君还。

【注释】

① 山海,书山学海。
[1] 诗写于辛卯夏初。炎林,刘炎林,东方德才学校高中语文教研组组长,校骨干教师。连年任高三年级组组长兼文科班班主任,精明强干,任劳任怨。

教师节联欢感赋

酒满金樽情满楼，

婵娟千里共中秋。

联欢舞踏滨河岸，

结谊歌吟惠水头。

莫道异乡为异客，

且看同事胜同俦。

今宵醉赏京都月，

乐也陶然兴未收。

九日登鹫峰兼寄铁光❶

凭峰东眺已情痴,

一发青山动客思。①

渤海湾头潮满处,

菊花岛上蟹肥时。②

九重城阙秋光尽,③

千里江关日色迟。

哪得茱萸酬佳节,

但将乡梦说君知。

【注释】

① 这里借用苏轼《澄迈驿通潮阁》诗中"青山一发是中原"句,来抒写思乡盼归的心情。
② 菊花岛在葫芦岛辖区内。在此借指葫芦岛。
③ 九重城阙,代指京城。
❶ 兼寄铁光,本欲以此诗回赠铁光上次所寄之词,亦未寄出。

元　日

紫禁云开报晓晴，

东风又暖此间亭。①

小楼除夜唯春晚，

陋室元晨只德馨。

往事悠悠成旧梦，

山河朗朗返新青。

巷深别有年情味，

海晏河清享泰宁。

【注释】

① 此间亭，京西带状公园内的凉亭。

❶ 壬辰元日。在京城过的第一个大年初一，非常清静。

寄文化[1]

遥从客舍报平安,①

海角天涯恰两端。

京北榴花犹似火,

加东枫海尚如蓝。

功名常叹光阴短,

学业终须衣带宽。

此去经年图破壁,

云程万里待归鞍。

【注释】

① 文化到达加拿大进修地,从驻地发来平安到达的短信。即日便回此诗。时,壬辰榴月。

[1] 文化,牛文化。时任东方德才学校高中部教务处主任,主抓高三年级备考工作,积淀了丰厚的教学经验。文化为人谦和,思维缜密。

七律

云湖论道❶

未洗征尘未歇鞍，

奔来密水聚群贤。

湖边烟草寻蹊径，

槛外云山觅洞天。

三论花光同的历，①

九坛莲蕊各嫣然。②

攻关自有豪情在，

快马犹须再著鞭。

【注释】

① 三论，此次教科研讨会的三大论题，亦是大会的主题。的历，见前《山行》诗。
② 九坛，分设的九个会场，各围绕一个论题展开讨论。形式新颖，效果显著。
❶ 云湖，密云云湖宾馆。壬辰夏末，东方德才学校在此召开了教科研研讨会。德才学校的教科研研讨会每年暑期召开一次，规模之大，影响之广，对于一所区属重点学校而言，实所少见。会议由时任副校长兼教研室主任的麻维民同志主持。有感于此，我在大会的祝词中临时添写了这首诗。

落 叶

又是西风摇落时,

漫天飞舞蝶参差。

九重泉路霜飞尽,

一片归心月上迟。

但使残骸成沃土,

尽将腐朽化神奇。

更生只待春回日,

再绿东风第一枝。①

【注释】

① 东风第一枝,词牌名。又,第一枝为梅花,春风所被,第一枝头,梅花先放,故曰东风第一枝。这里含报春之意。

九日登香炉峰[1]

紫翠繁华一望收，

香炉峰顶送吟眸。

林林广厦家何在？

漠漠遥空云自流。

几度临风忽白发，

一年览胜又清秋。

乾坤俯仰尘心静，

疑是逍遥梦里游。

【注释】

[1] 壬辰九日，我从香山北门出发，沿北围墙登顶。香炉峰，海拔575米，乃香山主峰。这是第二次登香炉峰顶。1996年我和锦州中学高三年级组的同人们曾登过一次。记得那次我们还登过泰山，并且是从泰山顶上一路小跑下山的。15年过去了，站在香炉峰顶，不禁感慨万千。近年来腰疾频发，徒步登峰该不会是最后一次吧？

登香山双清别墅兼酬贵付诗联见赠❶

七律

岭上黄花次第开，

又登屐齿上亭台。

屏山独秀开天地，

镜水双清鉴往来。①

霜叶时惊游子梦，

缁衣每抖帝京埃。

遥知兄弟桑园会，②

一片乡心与雁回。

【注释】

① 此行主要目的是探访毛泽东当年的居处及研究其《人民解放军占领南京》诗成的背景。
② 此时贵付与其初中同学正在家乡聚会。
❶ 诗写于壬辰初冬。其时在香山双清别墅中收到许贵付师弟用短信寄来的几副诗联，遂以此作复之。贵付素以文笔见长，新诗散文俱佳。

又寄文化[1]

漫天飞雪迓归人,

闻道平安倍觉亲。

负箧既辞家万里,

接风更尽酒千巡。

青云展翼凭借力,

宦海扬帆须问津。

传语东风休吝啬,

梅花待放一枝春。

【注释】

[1] 诗写于癸巳新年。牛文化从加拿大学习归来后有感而发。

雨夜吟[1]

又是人间四月天，

如期烟雨满京川。

潺潺帘外敲疾骨，①

魇魇梦中摇客船。

大病于人听之矣，

残生从此顺其然。

沉沉长夜何由彻，

幸有微吟伴独眠。

【注释】

① 疾骨，腰椎间盘手术后的第一天，麻药效尽，腰骨剧痛。夜雨敲窗，点点滴滴，更增添了几分寂寞与疼痛。

[1] 癸巳年四月，我腰椎间盘手术后，在北医三院的病床上逢夜雨，遂成此诗。

留赠麻校维民[1]

长留热土此心间,

魂亦牵牵梦亦绵。

学海问津同夜月,

云湖论道共晨烟。①

风来雨去二万里,

叶落花开四五年。

客座不知身是客,

鞠躬尽瘁已陶然。

【注释】

① 见《云湖论道》诗注。

[1] 此诗写于癸巳年暑期,是在我离开东方德才学校时所作。麻维民,时任东方德才学校副校长,同时兼任教科研室主任。因工作关系,我们共事时间较长。麻校为人热忱,对工作极其认真负责。我们相处十分融洽,合作愉快。我离开学校时,他和纪书记为我送行。

七律

谒北京广化寺❶

映阶香火一炉红,
佛号声声破寂空。①
华雨静飘空色外,②
心珠常印摩尼中。③
大雄殿里九膜拜,
菩萨像前三鞠躬。
功德箱中功德满,
个中觉路几人通?④

【注释】

① 佛号，佛的名号。现一般特指阿弥陀佛的佛号"阿弥陀佛"。
② 华雨，即花雨。天上降花是法华六瑞之第三瑞，释尊将要说法华经而入于三昧时，天空中如雨般降下四种花。华雨弥天是表法的意思。空色，无形为空，有形为色，佛家用语。
③ 摩尼，梵语。在佛教中意译为宝珠。传说摩尼有消灾解难、祛邪除病等功能。常，佛法里的常是永恒，没有生灭。
④ 觉路，佛教用语，谓成佛之路。李白《春日归山，寄孟浩然》诗中句："金绳开觉路，宝筏度迷川。"

❶ 北京的古刹名寺，我去过多处，而去过次数最多的要数广化寺了。这不仅是因为它久负盛名，香火繁盛，又是中国佛教协会所在地，还因为它得天独厚的地理位置。广化寺地处北京后海北岸，其周边积淀着丰厚的北京文化底蕴，自然的，人文的，历史的，现实的。是恭王府、银锭桥？抑或原辅仁大学、宋庆龄故居……我说不清楚。你只有身临其境，才能体味的出其间的魅力。每次我从广化寺出来，都要在后海岸边伫立良久，深深地吸吮那里的空气，尽情地享受着那扑面而来的文化氛围。诗写于壬辰二月十九，观世音菩萨诞辰日。记不清是第几次进谒广化寺了。

对 月[1]

天上人间夜夜看,

小楼今夕又凭栏。

参横斗转天恒健,

命蹇时乖我大难。

病骨已教星鬓改,

冰心更觉月光寒。

回春谁是华佗手,

碧海青天且仰叹。

【注释】

[1] 诗写于术后康复期。左足下垂,神经能否恢复,一切尚属未知。对月仰叹,寄落寞心境罢了。

京园余梦

送郭伟[1]

月华初上月坛边，

纵设良辰亦别筵。①

万里重逢唯此际，

千杯再续是何年？

长安街畔风吹柳，

塞纳河边水接天。

今日匆匆送君去，

天涯从此各风烟。

七律

【注释】

① 同学李恩纯在北京月坛设宴。言曰:"此宴既是接风,又为送别。"

❶ 郭伟是我三十年前的学生。大学毕业后便只身飞赴法国谋生。在当时这是绝对超前的意识。十八年后,巴黎街心的一个夜晚,当我刚放下打给她的电话后,一辆黑色的轿车突然停在我面前,他们一家四口悄然而至。异国他乡,突见故知,其情其景,至今仍历历在目。又过了十年,我们在北京的一个月夜再度重逢。不过她告诉我明天就要飞回巴黎。送别席上,即有此作。怕过于伤感,当时没有给她。今借解题之机,补记于此。

寄英奇[1]

自将书剑佩戎装，

学子英年出故乡。

鸭绿江边春饮马，

陶然亭畔晚流觞。

星光已并诗行灿，[1]

墨气犹同兰麝香。[2]

勋业何须频对镜，[3]

才情风义任平章。[4]

【注释】

① 英奇为一百三十多位奥运冠军书法配诗，并有《赵英奇诗词与书法——奥运冠军篇》出版发行。
② 兰麝，兰草和麝香。杜甫《丁香》诗："晚随兰麝中"。这里作偏义复词用，偏指麝。古文人、诗画家常在上等墨中加少许麝香，制成"麝墨"。写字作画，芳香清幽，耐腐耐蚀。
③ 杜甫《江上》诗句："勋业频看镜"，这里反其意用之。
④ 李商隐诗句："平生风义兼师友"，因其对友人深情，准确地评价，历来受到高度赞许。至今仍活在人们的口中和笔下。风义，风操节义。
❶ 英奇，赵英奇。京都著名军旅书法家。同乡校友，晚年在京，时有小聚。诗寄出后，收英奇《七律·回赠陈坚师兄》诗书一副。时壬辰槐日。

宿东戴河山海同湾酒店❶

又度秋风过戴河，

东临无觅旧时波。

楼台沿岸观潮便，

山海同湾揽月多。

塞外烟云惊变幻，①

京中时日愧蹉跎。

当年碣石应安在，

千载犹闻魏武歌。

【注释】

① 东戴河位于关外，西紧邻山海关。

❶ 乙未"五一"，我应邀同家人赴东戴河度假。当夜宿于东戴河山海同湾酒店，第二天观碣石。碣石位于东戴河止锚湾海滨，距山海关15千米。当地人说这是当年魏武帝"东临碣石，以观沧海"的碣石。导游还带我们参观了碣石正对面新发现的秦始皇的行宫遗址。不知确否？

游本溪水洞

轻舟十月下穹隆，

仆仆风尘顿洗空。

岩态千般影绰约，

溪情万种色朦胧。

烟消云净洞天内，

水转山移梦幻中。

浑似八仙争过海，

神游何必问西东。

京园余梦

九日登古北水镇兼寄铁男❶

古北村头纵目初,

水乡山郭入新图。

鸳鸯湖静情犹在,①

司马台空堞尚余。②

杯酒已酬佳节尽,

音书渐与故人疏。

一年一度登高处,

落照长天满客途。

【注释】

① 时逢古北水镇景区刚开园,游人尚稀,难得清静。
② 司马台长城遗址就在古北水镇北尽头,直抵可达。可惜天色渐晚,抱憾而返。情绪一时低落,内心几分空荡。

❶ 甲午九日游古北水镇。水镇背倚司马台长城,坐拥鸳鸯湖水,得天独厚。古北水镇系新开辟的一处旅游景点。借助天然水系,人工筑成。

酬铁男《中秋寄语》见赠❶

岛树京云山水间,

中天月色好同看。

斤声坎坎乡思重,①

倩影翩翩舞袖单。

老去音书浑漫与,

年来意兴渐阑珊。

青天碧海何由寄,

唯有诗情颂健安。

【注释】

① 斤声坎坎,斤声,斧声;坎坎,伐木的声音。此句写月宫中的吴刚,与下句写嫦娥相对应。

❶ 甲午中秋收铁男《中秋寄语》。即复。

京园余梦

励耘纪事[1]

一

园色遥看九月中,
风光自与岁时同。
依依杨柳逢新雨,
跃跃鲲鹏待好风。
图治需温挂角课,
励精当补卧薪功。
一腔热血勤珍重,
无悔青春火样红。

二

燕山北去矗云屏，

沙水东流作和声。

槛外风光添意兴，

园中桃李动吟情。

乐从人类千秋业，

恐负京师百岁名。①

但得新征传捷报，

不虚此度励耘行。

【注释】

① 京师，指北京师范大学。北京师范大学的前身是1902年创立的"京师大学堂"师范馆。

❶ 甲午初秋，我受聘于北京师范大学教育培训中心下属的励耘学校做校长。就任两月后的一天，我在校园中信步，即成此篇。一首写给学生，一首写给自己。

寄铁男步原韵[1]

一

五十年间蝶梦连,

劫波历尽拔尘缘。[1]

阑珊灯火驱凉冷,

料峭山风度苦难。

千里栖居成过客,

一身许国为来贤。

书生老去耽回顾,

同学原来恰少年。

【注释】

[1] 我与铁男从小学到初中同为黑山北关实验学校同学,高中又是黑山第一高级中学同班同学,后又在同一生产队插队,后又在同一村小教书,后又同时考取大学,后又同为高中教师,后又同期走上学校领导岗位。同乡,同校,同学,同龄。五十年间有太多的相伴。这种关系,超越了世俗间的一般关系。拔,超出。

二

华年有误病同连,

聚散生涯总有缘。

去日倏忽来日短,

别时容易见时难。

风尘故里寻幽梦,

烟水京东访旧贤。①

应喜古稀人尚健,

相逢一笑又经年。

【注释】

① 旧贤,指家居顺义的福成兄。

三

燕云锦水两相连,
自有人间未了缘。
鞍马不知劳顿苦,
油盐方觉措筹难。
惯于冷暖分时日,
每向炎凉辨丑贤。
也学子牛甘俯首,
无刚无欲度余年。

四

依稀别梦断犹连，

无论前因与后缘。

祸亦福兮福亦祸，

难即易也易即难。

而今蜡泪终灰烬，

从此诗书始圣贤。

唤取东风送归棹，

烟花声里说流年。

【注释】

❶ 甲午冬月，我收到铁男《给陈坚、福成兄》一诗，遂次其原韵叠四章寄之。意犹未尽，后又有诗词往来。

又寄铁男[1]

一

风雨故园夙愿空，

天涯咫尺各西东。

功名摇落双飞絮，

湖海飘零独转蓬。

苦旅几经忽远客，

穷乡一别即衰翁。

不堪往事成追忆，

七十人生只梦中。

二

老去元知色即空，

繁华落尽水流东。

非花非雾百年梦，[①]

如絮如风万里蓬。

剪烛何曾惜蜡泪？[②]

护花无悔做秋翁。

尘缘了却平生事，

依旧青山夕照中。

【注释】

① 出自唐·白居易的《花非花》："花非花，雾非雾。夜半来，天明去。来如春梦几多时？去似朝云无觅处。"表达了对生活中如春梦的花，似朝云的雾等美好事物易逝的惋惜之情。这里所要表达的不仅是这层意思，人生一世，百年如梦，逝去的更多的是那些辛酸往事。这些事非花非雾，虽然逝去，却铭心刻骨。

② 我和铁男同为教师。一文一理，在各自的岗位坚守至退休。

❶ 写于乙未夏末。是在大虎山候车室候车时专写给铁男的。此时铁男正在病中。

打油一律

炒股[1]

沪指飘红耀九州,
大妈亦敢弄潮头。
但开双眼观波动,
不让分文付水流。
点上五千关羽马,①
银投十万老聃牛。②
浪峰谷底寻常事,
也识欢欣也识愁。

【注释】

① 关羽马,关羽骑的赤兔马,身呈大红色。此有两层意思:既言其快又照应第一句中"沪指飘红"。
② 老聃牛,老聃即老子,刘向《列仙传》:"老子西游,关令尹喜望见有紫气浮关,而老子果乘青牛而过也。"这里借用此典表达两层意思:一、喜庆、祥瑞;二、沪指牛市。
[1] 诗写于乙未正月。在励耘办公室接福成电话谈全民炒股一事,放下电话,即成此律。赋为打油,聊且一笑耳。

京园余梦

金中都公园怀古①

千载繁华一梦空，①

辉煌信抵建章宫。②

霓裳已奏明皇曲，③

玉树犹临后主风。④

半壁河山添锦绣，⑤

连云商贾走融通。⑥

曾经歌舞升平地，⑦

一样可怜焦土中！⑧

【注释】

① 金中都建于金天德三年（1151），迄今已有866年的历史。

【注释】

② 据清代官书《日下旧闻考·宫室》记载:"其宫阙壮丽,虽秦阿房汉建章,不过如是。"信,的确;抵,相当。
③ 霓裳,乐曲名,即《霓裳羽衣曲》。唐代著名舞曲,开元中,唐明皇李隆基据西凉府节度使杨敬述所进舞曲加工润色而成。
④ 玉树,乐曲名,即《玉树后庭花》,为陈后主陈叔宝所编。因他荒淫奢侈,耽于声色,终于亡国,后世多视为亡国之音。这里也含有讽喻意味。这一联写金中都衰亡期的征兆。
⑤ 金灭北宋后,在原有的版图上,又增添了原北宋秦岭淮河以北的广大地区,疆域更加辽阔。
⑥ 金中都建成后,很快就成为当时世界上最繁华的商业大都市。史载,完颜亮之后的金世宗完颜雍注重休养生息,减轻赋税,发展农业,商贾云集,纷至沓来,使商业得到空前发展,市场兴旺。史称这段时期为"小尧舜"。这一联写金中都鼎盛期之气象。
⑦ 歌舞升平,这里用作贬义。金亡的原因很多,其中政治腐败,统治者昏庸腐朽、荒淫无度,是其重要原因。

【注释】

⑧ 杜牧《阿房宫赋》:"楚人一炬,可怜焦土。"金中都毁于1215年蒙金战争中。据说蒙古军攻陷中都后,一把大火,将其焚烧殆尽。中都和阿房宫一样难逃覆亡之命运。金王朝也没能逃脱"其兴也勃,其亡也忽"的历史规律,走过了一个兴建—发展—兴盛—衰亡的历史进程,与其他王朝一样给后世留下了深刻的历史经验和教训。我在讲授《阿房宫赋》时,反复要求学生背诵《阿房宫赋》结尾的那句话:"秦人无暇自哀,而后人哀之;后人哀之而不鉴之,亦使后人而复哀后人也!"当时对这句话理解得并不透彻。而今,当垂暮之年的我站在金中都的遗址上,再次吟诵这句话时,才体会出当年杜牧在文章中所表述的深刻哲理。

❶ 金在北京建都,掀开了北京建都的历史。无疑具有里程碑的作用和重大深远的历史意义。从这个意义上说,金中都公园绝非一般意义上的休闲公园。由于寓所就在它的对面,不足十分钟的路程,因此我能经常徜徉于其间,对其历史沿革及其文化有较深入的了解。这次发思古之幽情亦情理之中事耳。诗写于乙未四月,正是北京春暖花开、游春踏青的季节。

沙河道中❶

每依落日返京华,

杨柳边城正逐花。

病眼乜邪山远近,①

跛肢踉跄影横斜。②

年来家事浑无绪,

老去人生即有涯。

紫陌红尘懒回顾,

归心一片送栖鸦。

七律

【注释】

① 乜邪,同乜斜,眼睛眯成一条缝。
② 跛肢,跛足。
❶ 我任职的励耕学校位于沙河镇中,每日往返于沙河道中。诗写于乙未夏初,从沙河返京的地铁中。

访绍兴会馆①

江山故宅尚留痕,①

岁月悠悠一巷深。②

补树荣枯空落寞,③

藤花开谢自钩沉。④

开篇呐喊破昏晓,⑤

动地歌吟烁古今。⑥

屋小能容天下士,⑦

百年不负济时心!⑧

【注释】

① 绍兴会馆经过多年变迁,早已面目全非。院内大部分建筑多经添建,杂乱得很,根本看不出以往模样,只有临街会馆的门楣上依稀可见斑驳的漆痕。
② 一巷,乃西城区南半截胡同。绍兴会馆处于南半截胡同的北端。我怀着虔敬的心情从南而入,仿佛在时空的隧道里穿越,感觉走了很远。

【注释】

③ 补树，补树书屋。书屋前原有一棵开满淡紫色花的楝树，因折断后补种了一棵槐树，故名。鲁迅先生曾在这里住过三年半的时间。如今补树犹在，书屋难寻，一片杂乱，十分落寞。

④ 藤花，藤花别馆。鲁迅来绍兴会馆，最先住在这里，并在此度过了四年时光。钩沉，探索深奥的道理或散失的内容，这里解作述说往事。

⑤ 开篇在这里有两层意思：一是鲁迅在补树书屋里写下了中国现代文学史上第一篇白话小说《狂人日记》，向"吃人"的封建礼教发出振聋发聩的第一声呐喊，开中国现代文学史上白话小说之先河；二是《狂人日记》被收入鲁迅先生的第一部小说集《呐喊》的第一篇，因而成为《呐喊》之开篇。此后"便一发而不可收"，在此发表小说、诗歌、杂文等50余篇。其中《孔乙己》《药》《一件小事》等作品都是在这里写成的。《狂人日记》是第一次使用鲁迅笔名发表的。也可以说"鲁迅"就诞生于此（这也可以看成一种开篇）。《孔乙己》《一件小事》，是初中便学过的，做教师后又教过，印象极深，终身难忘。而《狂人日记》《药》，是高中任教时不知教过多少遍的课文（也有《呐喊》自序，并且我的第一篇获省级奖的学术论文便是论《呐喊》自序的）。《药》我还拿来做过公开课，为了这一课，我在相关专家的指导下参研了有关《药》

【注释】

的大量文献资料，备课月余。可谓流进血液，沁入骨髓。到了绍兴会馆我才知道，《药》的部分取材就是距会馆不远的菜市口，真是百闻不如一见！北京的名人故居多得数不清，我唯独对绍兴会馆的补树书屋情有独钟，皆缘于此。这次访谒虽有缺憾，但偿了夙愿，慰莫大焉。破昏晓，破晓，这里把昏晓用作偏义复词。

⑥ 歌吟，指鲁迅先生的作品。取自鲁迅先生"敢有歌吟动地哀"诗句。这歌吟，就是于无声处的惊雷，就是鲁迅先生的呐喊！古今，亦作偏义复词用，偏指"今"。

⑦ 天下士，蔡元培、钱玄同、许寿裳等人曾出入其间。钱玄同与鲁迅关于"铁屋子"的著名谈话就是在这间房屋里进行的。仅此一点，补树书屋也当名垂青史。

⑧ 鲁迅从1912年寓于绍兴会馆，至今，入京已有一百余年矣。

❶ 绍兴会馆旧址位于西城区南半截胡同7号。始建于清道光六年（1826），是鲁迅先生在北京早期的故居之一，也是他一生中居住时间最长的地方，原名山阴会稽两邑会馆，曾经主要用来接待两邑进京赶考的举子们。我是乙未年暑期随同外孙"寻访鲁迅的足迹"的。出得院来，我在绍兴会馆的门外徘徊了许久，看着会馆百年后的孤独落寞，一种隐忧暗暗浮上心头：城市化建设进程中，补树书屋不会被拆除吧？

九日游大观园[1]

烟雨满城随节至,

九秋佳气入园来。

蛙声籁响空清野,

柳影花香上紫苔。

客里不愁蓬鬓老,

闲中但愧菊花开。

大观楼上凭栏处,

多少风光带梦回。

七律

【注释】

[1] 乙未重阳,天空飘着蒙蒙细雨。每年九月九日,依习俗都要登高。今天逢雨,不便远行,遂择离寓所较近的大观园游赏。多次游览大观园,雨中游大观园这是头一回。记得早年教学生学习李健吾的《雨中游泰山》时就知道雨中游另有奇趣。果然,烟雨中的大观园,别有洞天。有了写诗的冲动,却不知从何落笔,草成此律后,只得作罢。

解　嘲❶

千里姻缘何处寻，

中山公园柏森森。

映阶芳草自春色，①

隔叶啼莺空好音。②

三顾频繁天大事，

几朝破碎老人心。

出师未捷身无悔，

常使征衣风满襟。

【注释】

① 芳草，待嫁的大龄女青年。
② 啼莺，形容喋喋不休、忙忙碌碌的老人们。
❶ 窜改《蜀相》诗，内容是中山公园中替子女相亲的老人们的写真。中山公园的西北端有一处专为替子女相亲的老人们开辟的场所。每逢周四、周日，这里人来人往，熙熙攘攘，蔚成景观，据说最多时人可逾千。众里寻他千百度，可怜天下父母心！

雾　霾

频仍霾雾锁寒空，

万户千门一岁同。

紫陌寻梅须踏雪，

红墙观柳欲临风。

人行海市天街上，

车阻蓬莱云路中。

安得天公重抖擞，①

青山日日夕阳红。

【注释】

① 英国治理雾霾，用了60年。其力度，其措施，举世有目共睹。那么，中国治理雾霾同样以年计，需用几何？这里借天问，意在提出此问。

《中国低碳经济发展报告（2014）》指出，根据英国、日本、德国、美国治理大气污染的经历，中国要"从根本上而不是一时"治理好雾霾、重现蓝天白云，按照目前的经济发展模式和技术水平，需要20～30年。即使是采取最严厉的措施，采用最先进的技术，最快地实现经济结构转型，奇迹性地改善环境，也需要15～20年。

我真希望在有生之年能看到奇迹发生。不为自己，但为后代子孙！

酬谢先生诗书见赠❶

生涯戎马岂寻常,

游弋纵横在水乡。

上下惊涛驱晓梦,

东西快艇逐春江。

诗情脉脉追唐宋,

书草离离学圣王。

自古英雄多逸事,

了之一笑付汪洋。①

七律

【注释】

① 原赠诗中有"一笑了之"语。
❶ 谢先生,新结识的朋友,以海军大校衔职退休,诗书俱佳。本诗写于甲午冬日。

京中上元兼酬惠泉诗照见赠❶

白云乡里上元中,①

火树银花不夜空。

华厦频斟竹叶暖,

小楼一剪蜡灯红。

星光荡漾同宵月,

云气氤氲共晚风。

诗照江关堪绝配,

平添归梦到湖东。②

【注释】

① 白云乡,仙乡。此指京城。
② 湖东,惠泉居此。此指锦州。
❶ 惠泉,周庆森微信名。周庆森,原锦州市教育局副局长,现为锦州市惠泉高中校长。我与庆森为高中同窗及大学同学,又是锦州中学同人。其德才兼备,诗文俱佳。丙申元月,收惠泉江关诗照数篇。后一日,我于返乡途中,在火车上成此篇,回赠惠泉。

七律

给京东❶

一从艺海寄初心,

十载伶俜萦苦辛。①

已为江山拼热血,②

更将笔墨写青春。③

业臻佳境花初灿,④

人到中年酒愈醇。⑤

仗剑行吟走天下,

不辞风雪夜归人。⑥

【注释】

① 十载，指近十年的奋斗历程。
② 江山，双关语。亦指自己开创的一番事业。
③ 此联为流水对。热血与青春互文。指京东编剧的《热血青春》电视剧。
④ 经过十几年的打拼，京东的事业渐入佳境。由他编剧的《热血青春》播出后，产生广泛影响，好评如潮。山花初灿，预示着一个丰收的季节为期不远。继《热血青春》后，京东又有《打土匪》等剧问世。
⑤ 京东乃性情中人，对老师同学满腔热情，一片赤诚。犹如一坛好酒，经过中年的发酵变得越来越浓烈香醇。
⑥ "风雪夜归人"是"伶俜萦苦辛"的具体写照。为事业，京东东奔西忙，不辞辛劳，既任编剧，又做制片人。这种体脑劳动，非常人能及。
❶ 京东，李京东，原名李敬东。锦州中学"1986届"文科七班毕业生。考入中国人民大学，毕业后，放弃原专业，义无反顾地从事了他一生钟爱的影视事业，现任编剧兼制片人。期待他更多更好的作品问世，我知道他是有这个能力的。

答英奇、桂芝家宴

细柳营前翠柳斜,①

赵家邀客做东家。

重温故里儿时梦,

更煮明前午日茶。②

一室清芬朱墨气,③

半庭玉立白兰花。

开窗一片浓情在,

无限青山满落霞。

【注释】

① 英奇家住在翠东路口附近的部队大院内。
② 主人沏好的明前茶,清香四溢,沁人心脾。
③ 英奇乃京城著名军旅书法家。

七一抒怀

九五生辰喜庆逢，

昆仑莽莽树碑丰。

锤镰漫舞山河碧，

旗帜遍扬天地彤。

主义环球尊马列，

共和中国奋工农。

更圆绮梦惊啼鸟，①

直向东方腾巨龙。

【注释】

① 绮梦，中国梦，啼鸟，对中国的振兴崛起说三道四者。

共产党人

七律

《人民日报》任仲平的文章《以信仰之光照亮奋斗之路》以全新的视角解读共产党人95年来前仆后继、浴血奋战的光辉历程。动之以情，晓之以理，催人奋进，发人深醒。

热血甘将主义溅，
头颅只为布衣尊。
沛然浩气昭先烈，
慷慨悲歌启后昆。
歌乐山中多傲骨，①
雨花台下尽精魂。②
百年薪火何由继？
为有心间信仰存。

【注释】

① 文中语：葬身渣滓洞的英灵，70%出身富裕家庭。歌乐山，借代渣滓洞。傲骨，那些背离了"自小熟悉的阶级"的革命党人。

② 文中语：埋骨雨花台的烈士，70%多受过高等教育。这些信仰的献身者、理想的殉道者，谱写了时代的慷慨悲歌，铸造了民族的血脉精魂。

橄榄树①

河山若衣翠云裘，①

满眼风光接素秋。②

依约涛声传远近，③

婆娑枝影舞轻柔。④

中东今日犹焦土，⑤

天下何时尽绿洲？⑥

橄榄一枝曾记取，⑦

和平鸽子作衔游。⑧

【注释】

① 衣，用作动词，去声；翠云裘，语出宋玉《讽赋》："衣翠云之裘"。
② 素秋，秋季。古人五行之说，秋属金，其色白，故称素秋。
③ 漫山遍野的橄榄林，远远望去宛如大海。微风过处，树叶沙沙作响，如涛声时远时近，似有似无。这是远听。

七律

【注释】

④ 枝叶随风轻轻舞动，阳光透过树叶，洒下斑驳的影子，若明若暗，亦真亦幻。这是近观。
⑤ 焦土，主要指叙利亚战争。当今世界，一强独霸，战争烟云，时时密布。
⑥ 一种企盼而已。看到橄榄枝和橄榄树，谁能不想到世界和平呢！
⑦ 人生第一次知道橄榄枝，是儿童时看到的一张宣传画：一个小女孩双手在胸前托着一只白色的和平鸽，和平鸽嘴里衔着的就是橄榄枝。这张画在中华人民共和国成立初期，流传甚广，印象极深。至今回忆起来，仍倍感亲切。谁能想到六十年后，我竟能见到这么多的橄榄树！
⑧ 人们希望永久和平，那就让和平鸽衔着橄榄枝环游世界，展翅翱翔吧！

❶ 从西班牙的马德里去往塞维利亚，乘车一路南行，然后从西班牙的塞维利亚到葡萄牙的里斯本，乘车一路西行，沿途所见，漫山遍野都是绿色的橄榄树林，一眼望不到尽头。西、葡之旅，所历略同：街道、商店、教堂、广场……观光、拍照、购物、吃饭……不一而足。大凡跟旅游团出游，谁都难逃这种循环。几天下来，不仅身心倦怠，而且审美疲劳。就拿教堂来说，虽然每地各有特色，但总体上看还是

【注释】

多有相通。就像中国的寺院，大小不一，风格各异，但建筑规制还是一样的。我去过梵蒂冈的圣彼得大教堂、意大利的米兰大教堂、佛罗伦萨大教堂、西班牙的塞维利亚大教堂，也就是说，除英国的圣保罗大教堂没去过，世界著名的五大教堂，我都参观过，早已被震撼过了。如今再见这些教堂，似曾相识，并不感到陌生。即使在巴塞罗那见到被联合国教科文组织确认为世界文化遗产的高迪的圣家族大教堂，也没有让我多么的激动。而此刻突然见到这么宏伟的橄榄林海，真是惊喜万分！就像当年茅盾先生在黄土高原上初次见到白杨树一样的激动，心情久久不能平静。回国后我查看有关资料才知道，从塞维利亚往南一直到直不罗陀，往西到葡萄牙，就是一片广袤的平原丘陵区。其间大面积种植油橄榄树，我所见到的只不过是其中一斑。这些橄榄树龄都不是很长，它们正值青年，生机盎然，朝气蓬勃。每一棵树的树冠直径都有几米，远远望去，就像是绿茸茸的半球。这些半球连成一片，宛如绿色的裘衣披在山坡上，漂亮极了！所以此诗的第一句我就赞叹说"河山若衣翠云裘"。大家知道，欧洲地区山坡较多，很少有裸露的土地，除树以外，完全被绿草覆盖。据说西班牙橄榄种植已有2000余年历史，全国有百余万人口从事橄榄种植业，

【注释】

产量占世界总产的三分之一，是世界第一大橄榄生产国，逾三分之二的国土分布有橄榄林，素有"橄榄王国"之称。橄榄树，木犀科，亚热带常绿乔木、耐旱、耐寒，是生长能力极强的长寿树种。其枝繁叶茂，果实橄榄油被誉为"液体黄金"。橄榄枝作为和平的象征，是出自《圣经·创世记》的记述：上帝为惩罚人类道德的沦丧，用洪水淹没了除诺亚一家之外的所有人类。诺亚和他的妻子乘坐方舟，在洪水中漂流40天后，被搁浅在高山上。为探知洪水是否退去，诺亚先后两次放飞鸽子，直到第二次放出的鸽子衔回橄榄枝后，才知道洪水已经退去，大地恢复了生机，一切归于和平。此后，橄榄枝就成为"和平"的代名词，鸽子也被人们称为"和平的使者"。联合国的徽章就是两枝橄榄枝托举着地球的图案，寓意为维护世界和平。联合国维和部队的徽章也是橄榄枝，这在全世界军队的徽章中也是仅此一例。后来毕加索为了纪念社会主义国家在华沙召开的世界和平大会，画了一只昂首展翅的鸽子，智利著名诗人聂鲁达把它称为"和平鸽"。我上面在注释⑦中提到的那张小女孩抱着衔有橄榄枝的和平鸽的中国宣传画，就是为宣传这次大会而创作的。橄榄树被称为"圣树"，那是古希腊人认为橄榄树是雅典的保护神雅典娜带给人间的，是神赐予人们的和平与幸福的象征。橄榄树引起了我无限的遐想与深思……

一生能见到这么多美丽的橄榄树，不虚此行！
诗草于途中，成于回国后。时丙申初秋。

秋兴八首[1]

一

玉露雕开二月花,

西山一发夕阳斜。[1]

云中来雁传霜信,[2]

岭上停云送晚霞。[3]

五载长流蜡烛泪,[4]

一心空系故园槎。[5]

秋风不解相思意,

摇落伤悲满鬓华。

【注释】

① 西山,即北京西山。
② 来雁,白雁。沈居《梦溪笔谈》:"北方有白雁,以雁而小,色白,秋深则来。白雁至则霜降,河北人谓之'霜信'。"
③ 停云,陶渊明《停云(并序)》:"停云,思亲友也。""霭霭停云,濛濛时雨。"
④ 指在京五年的客座教师生涯。
⑤ 选用杜甫"孤舟一系故园心"意。

二

漠漠平明掩帝京，

小楼谁会倚栏情。①

寒霜已冷江关岸，

朝旭初临紫禁城。

千里欠归元亮井，②

八年空负达官营。③

乡愁前路知多少，

不息川流车马声。

【注释】

① 此句乃组诗之抒情主题也。
② 元亮井借指故乡，非以元亮自比也。
③ 达官营，客居所在之地，此借指京城。

三

落木飘萧下赵燕,

故都秋色几分看?

长安街畔花犹暖,

永定桥边草已寒。

御水慵慵铺鸭绿,①

京烟霭霭没朱栏。

晓来一觉庄生梦,

蝶去霜飞叶正丹。

【注释】

① 御水,京城西二环内护城河水。鸭绿,深绿色。王安石《南浦》:"含风鸭绿粼粼起,弄日鹅黄袅袅垂。"

四

流水落花君去也,①

不胜世事感伤悲。

千秋大业由人续,

卅载衷情唯自知。②

梦里忍听斗柄转,

客中敢望日轮移?

桑田沧海朝朝是,

能不江关忆昔时?

【注释】

① 君,欲东迁之故校也。
② 我之故校生涯近三十年。

京园余梦

五

锦绣之州碧水流，

三秋形胜费吟眸。

桨声每并钟声起，①

灯影连同塔影浮。②

烟雨一川栖落雁，

荻花两岸起飞鸥。

辽西自古民丰地，

四十年来感旧游。③

【注释】

① 钟声，凌川大桥直北对邮电钟楼，大钟鸣起时，钟声响彻两岸，悠扬洪亮，余韵徐歇。
② 塔影，古塔影。虚写，此乃想象中景也。
③ 锦州是我的第二故乡。我一生的大半时间都是在这里度过的。诗写凌河两岸风光，有实写，有虚笔。虚实相间，更利于抒发热爱家乡的真实情感。锦州要写的东西太多，写凌河，不仅因为它是城市的灵魂，还因为我家就在岸边住，我对它有太多的感情。"四十年来感旧游"，乃是发自肺腑之声啊！

六

稼穑哪知行路难,①
白云乡里济时艰。②
石潭暂储藏龙水,③
坨岭且为卧虎山。④
雨雪交加村小内,⑤
风云际会草庐间。⑥
十年磨就青霜剑,⑦
万水千山只等闲。

【注释】

① 稼穑,借指上山下乡。
② 白云乡,仙乡。此指农村。黑山常兴公社两家子大队。
③ 石潭,下乡劳作地点之一,俗称石头窖,其深百尺,其内皆石。冬闲季节,人们把水抽干,每日在里打钎放炮,开坑取石。然后肩扛背驮再一块块运出坑外,全凭人力。个中苦辛,人何以堪?
④ 坨岭,村民称大坨子。村西一座龟背状石丘。
⑤ 村小,村中小学。我曾任教于此。
⑥ 草庐,所居青年点。青年点门上有我所书的一副摘自毛泽东诗句的对联:冷眼向洋看世界,热风吹雨洒江天。
⑦ 从1968年9月24日至1978年12月16日,十年零三个月,我把人生中最美好的一段年华都献给了那个"大有作为"的"广阔天地"。其间山高水远,历尽磨难;耕耘稼穑,备尝艰辛;青春虚度,岁月蹉跎。个中甘苦,怎生评说?但失之东隅,收之桑榆。空前绝后的遭际,艰难困苦的历程,磨炼出我节俭勤劳、坚毅图强、拼搏奋进、永不放弃的优良品质和不畏困难、勇于吃苦、安贫乐道、爱岗敬业的精神。这是人世间最宝贵的一笔精神财富!它是所向披靡的青霜宝剑,我们这代人拿着它奋勇前行,开辟出此后人生的各自天地。幸甚至哉!早年读胡乔木《梅花引·夺印》词中有"人间自有青霜剑"句,吾得之矣。

七

十里桐风过水乡，①

烟收云敛近重阳。

孤山寂寂峰空碧，

丛菊离离花自黄。

节至人情分冷暖，

老来世态品炎凉。

欲舒望眼登高处，

落日归鸦已断肠。

【注释】

① 水乡，锦州经济技术开发区。我在此度过三年时光。

八

桃李公门映紫薇,①

寒窗日夜备秋闱。②

云飞旗上飘朝旭,

雪压松头转夕晖。

岁岁花香圆绮梦,

堂堂钟响振征衣。

云烟过眼苦吟望,③

又是一年送雁归。

【注释】

① 桃李公门,借代锦中。
② 秋闱,借指高考。
③ 此句乃收束组诗之结句。
❶ 诗写于丙申秋日,仿杜甫《秋兴八首》。

送别六律[1]

　　锦州中学是我心中的一块热土。我的教学生涯，始终其间。其之兴衰荣辱，总关情矣；去留进退，每分心焉。一自别后，梦绕魂牵。今值百岁之期，终欲东迁。依稀往事，缥缈云烟，一时涌上心端。因为长句六章，凡三百三十六言，聊吐惜别之情云尔……

一　送别

故校忽闻将欲迁，
不胜别梦入愁眠。
烛光园影同春色，
花气书香共晓烟。
一世功名堪史载，
百年基业待薪传。
最怜桃李芳菲地，
流水落英逐逝川。

二　惜花

落英由任水东西，

又听南山布谷啼。

已别江湖还故土，

更回天地化春泥。①

刘郎去后桃千树，

陶令归来雨一犁。

待到荼蘼花事了，

锦凌园畔草萋萋。

【注释】

① 春泥，取自清·龚自珍《己亥杂诗》中"落红不是无情物，化作春泥更护花"句。意与龚诗同。

三　感遇

云卷花开曾几时，
去留荣辱各由之。①
关山迢递云飞倦，
尘海苍茫花醒迟。
百尺心澜归锦水，
一蓑烟雨入京师。
世间最是离愁苦，
翘首江天惹梦思。

【注释】

① 明·洪应明《菜根谭》中有副著名的对联：宠辱不惊，闲看庭前花开花落；去留无意，漫随天外云卷云舒。后被陈继儒收入《小窗幽记》中。对联表达的是一种境界。此句要表达的是一种心情——一种看似无奈，但也旷达的心情。

四　怀旧

百岁功名百岁身，

风光无处不怡人。

临窗蹊柳听书切，

夹道庭松迎客亲。

金榜频圆桃李梦，

名师锦绣杏坛春。

声声木铎催昏晓，①

苦乐生涯日日新。

【注释】

① 木铎，借指学校的铃声。

五　思恩

七律

惯闻木铎振金声,①
夙夜伏园苦作兴。
倦眼长悬蜡烛泪,
痴心不解玉壶冰。②
公门有幸垂师教,③
厚爱无私秉嫡承。
三十年情寄家国,
生涯未敢忘初征。④

【注释】

① 书法家启功先生在北师大建校百年的纪念碑上书有"木铎金声一百年"七个大字。北师大的徽记也是一个木铎。此借指学校生活。
② 不解,不融化,即保持。保持一颗纯洁的忠于教育事业的初心。
③ 锦州中学名师云集,马晓鸾、赵惠芬、龙津、沈勋、陈驷同、张文久、葛硕石、崔述、王亚凡、赵文凯、陈绍庚、刘畅……还有邓世昌校长,不胜枚举。从他们身上我参悟到了锦州中学的教学风格,承继了锦州中学的教学传统。
④ 不忘初心。

六　瞩望

大计谁襄出锦囊？

东迁一举定平章。

兴衰何必说今古，

留去应须看远长。

渤海湾中宜试水，①

紫荆山下好耕桑。②

但将热土藏心底，

芳草天涯也自香。

【注释】

① 东迁之处乃渤海大学原东校址。
② 离紫荆山越来越近了。
❶ 诗写于丙申桂月。后选其中二、四、五、六首发表在《锦州晚报》上。锦州中学迁址，这在锦州的教育史上应是一件大事。写诗亦是为了忘却的纪念。

寄井泉[1]

一

一蓑烟雨载沧桑，

别绪乡愁两浩茫。

花落三春虽异处，

梅开二度又同窗。

归来未了痴儿愿，

老去犹牵孺子肠。

偶得余暇拾文墨，

蝇头十万写华章。①

【注释】

[1] 井泉文采、诗笔皆佳，国学功底深厚。大学毕业后一直在母校任教，教授语文，退休后助儿抚育后代，几年内竟写了三十多万字的育儿日记。

二

人在天涯成倦客，

东南西北各为家。

平居参考经纶事，①

客座攸关桃李花。

忙里不堪空对镜，

闲中怎拟细分茶。

与君千里寄明月，

一样情怀似两衙。②

【注释】

① 井泉到上海后，偶得闲余，参阅了大量的经济方面的期刊，对经济颇有研究。
② 宋·陈师道《春怀示邻里》诗句："风翻蛛网开三面，雷动蜂窠趁两衙。"两衙，众蜂簇拥蜂王，犹如朝拜时两旁站立的侍卫，又称为蜂衙。这里借指蜜蜂。我曾戏谓井泉曰："你我是两只老蜜蜂，仍在为子女忙碌。"

❶ 井泉，李井泉。高中同学，大学同窗。自大学一别后，三十余年未曾谋面。丙申年秋月，通过微信，始有往来。井泉微信名：天涯倦客，现居上海。开通用微信后，即寄此诗。

戏赠井泉❶

行尽天涯未歇鞍,

天南地北两遥看。

五星旗映中南海,

八面风临黄浦滩。

但祈老臣重尽瘁,

仍需同志再加餐。①

此身合是公仆未?

栖息只求一树安。②

【注释】

① 革命尚未成功,同志仍须努力。
② 一树安,应为"一枝安"。杜甫诗句"强移栖息一枝安"。
❶ 于校门外等接外孙,闲来无聊,遂成一律。赠之,聊为互娱耳。

七律

丙申十月国家大剧院听张火丁唱《江姐》（新韵）

程派青衣第几人？

齐肩短发抖精神。

轩昂鹤立松间月，

幽咽泉流冰下春。①

十月红梅迎远客，②

三番紫幕谢佳宾。③

梨园今日添新唱，

天下谁人不识君。

【注释】

① 冰下春，冰下涌动着的融融春意。《江姐》的唱腔，在程派幽咽的主旋律中流淌着几分积极向上的温暖情绪，给人以希望。譬如《绣红旗》就最能体现这种唱腔的特点。这是我个人的感受，不吐不快。
② 远客，有朋自远方来，只为一饱耳福。
③ 三番，多次。本场即有五次谢幕，观众迟迟不去，掌声经久不息，也是感人的一幕。

京城新年即景❶

子弟八千辞帝畿,①

长安车马一时稀。②

白云乡里灯如锦,③

御水河边柳似衣。④

火树银花随夜尽,⑤

红尘紫陌踏春归。⑥

匆匆又是开元日,

喜眺新桃掩翠微。⑦

【注释】

① 每年都有近千万大军即时返乡,浩浩荡荡,倾城而出。古往今来,堪称奇观。
② 广陌通衢,车马顿稀,偌大京都,一时空城。
③ 大街小巷,红灯高挂,年趣盎然,京味十足。白云乡,仙乡,此代京城。
④ 滨河两岸,冬柳初苏,绿意遥看,近觅却无。御水,护城河水。
⑤ 烟花爆竹,此起彼伏,光响四射,不夜京都,"爆竹声中一岁除"。
⑥ 公园庙会,传统习俗,现代情味。紫陌红尘,摩肩接踵,纷至沓来,迤逦而去。"紫陌红尘拂面来,无人不道看花回。"
⑦ 西山一发,尽带朝晖,千家山郭,静坐翠微。此乃望中遐想之景也。新桃,对联。这里借指人家。
❶ 诗写京城春节期间几个生活场景及即时见闻。概括出来就是大军返乡、车马空城、街灯高挂、岸柳初苏、烟花夜放、紫陌游园、西山春晓。

马兰花①

戍漠封疆何处家？①

百年孤独即生涯。②

玉蜓桥畔凝春露，③

孔雀河边带晚霞。④

淘尽沙尘呈丽质，⑤

扫除霾雾见风华。⑥

幽芬远沁雕栏外，⑦

淡紫清蓝簇簇花！⑧

七律

【注释】

① 漠，大漠；疆，边疆。两字泛指祖国大西北。
② 百年孤独是说大漠中唯有马兰能生存，甘愿寂寞，无所需求。
③ 玉蜓桥，即北京南二环上的玉蜓桥。此借代京华。

【注释】

④ 孔雀河，亦称饮马河，因班超在此饮马而得名。在新疆维吾尔自治区。此借代祖国西北。
⑤ 呼应第一句和第四句。再写大西北的马兰。
⑥ 呼应第三句，回写京华的马兰。"见"通"现"。
⑦ 雕栏，语出李煜"雕栏玉砌应犹在"句。此泛指繁华地带。
⑧ 写马兰花的颜色及生长形态，兼寓其淡泊高洁的品质和坚韧顽强的精神。

❶ 这几天从桥边走过，突然发现，沿着桥边紧挨人行道旁的那一排马兰已经绽放出朵朵新花，浅蓝的、淡紫的，三五成簇，随风摇曳。远远望去，宛若点缀在碧空里的星星，闪闪烁烁，寥落寂寞。在它的右侧，是一座带状的公园。里面繁花似锦，姹紫嫣红。在这百花争艳、众芳炫耀的季节里，在这车马喧嚣、风驰电掣的辅路旁，这一道朴素淡雅、伶俜简约的马兰，实在算不得风景。看行人那匆匆的步履，就知道没有谁关注它的开放。我则不然，此刻见到它，倍感亲切！它唤醒了我沉睡的记忆，打开了我思想的闸门……

小时候，女孩子们经常伴着《马兰开花》的儿歌翩然起舞：马兰开花二十一，二五六，二五七，二八二九三十一……男孩子们则抽出它的花喙，放到口中吸吮，于是，百鸟争鸣，此消彼长，余韵徐歇……吸吮过后，咂咂嘴，仿佛还有一丝甜甜的味道。

【注释】

更多的时候，则是用它那柔韧的叶子，一层一层地打成井字花，编织成长长的马莲垛，就像弹簧一样抻拉翻转着，在手中把玩，兴趣盎然，其乐无穷。用来编织马莲垛的叶子则是从远离县城的北山坡的野壕沟边采来的。长大后，才知道马兰花，学名马蔺，别称马兰、马莲、旱蒲，属鸢尾科多年生草本宿根植物。叶基生，宽线形，灰绿色，花浅蓝色、蓝色或蓝紫色。生于荒地、路旁、山坡，尤以盐碱化的草场生长较多。在大西北罗布泊无人区，在古楼兰故国的孔雀河流域，其他植物早已不复存在，唯有绿色的马兰和其紫蓝色的花朵，是一道亮丽的风景。

记得有一部电视剧把那些为国家命运而献身的人们比喻为马兰。他们进行核试验的基地生长着大量的马兰，因而那里就叫马兰村，就在大西北的罗布泊。看过电视剧你才会知道什么叫马兰精神，什么是马兰品质。罗布泊号称"死亡之地"，茫茫大漠中，唯独马兰能在那里生根开花，说它伟大都不过分！它质朴无华，它顽强坚韧，它无私奉献，它不求闻达。而今，即使在京华，它也依然如故，在最艰苦的环境下坚守，在最需要的地方奉献，默默地散发着淡淡的幽香。即使对那些无知的曾损伤过它的孩子们，它也会给他们带来无穷的乐趣和欢快。记住它们——马兰花！

七十杂咏[1]

一

既载风云又带霜,

行囊远上即沧桑。

守愚已累身心苦,[1]

倚竹岂耽衣袖凉。[2]

时雨昔曾干气象,[3]

春风今尚送余香。[4]

人生百味知多少,

半是悲欢半感伤。

【注释】

[1] 守愚,保持愚拙,不事巧伪。这里取不事巧伪,保持秉性之意。唐·韩偓《守愚》诗:"守愚不觉世途险,无事始知春日长。"
[2] 倚竹,见前《清明喜雨叠韵五章却寄同人(三)》注[2]。
[3] 时雨,与下句"春风"互文。
[4] 春风,与上句"时雨"互文。时雨春风,是社会上对教师工作的一种赞誉。这里借用来写自己的教师生涯及职业操守。

二

千里因循成久客，

一年容易又春风。

兴衰已无回天力，

荣谢全凭造化功。

每借庄生托晓梦，

也因苏子寄秋鸿。①

书生老去耽回顾，

总在朝花夕拾中。②

【注释】

① 人们对苏东坡的"人似秋鸿来有信，事如春梦了无痕"诗句有不同理解。这里只取苏东坡的超然世事、淡泊人生的旷达精神。
② 《朝花夕拾》是鲁迅先生的回忆性散文集。这里借用来说明老年怀旧之情愫。

三

曾经沧海难为水，

始信人间行路难。

灾害三番出水火，①

乱云十度载悲欢。②

青纱帐里熏风暖，③

桃李园中暮雨寒。

孟子箴言莫漫与，

生于忧患死于安！④

【注释】

① 经受"三年自然灾害"的考验，可谓"饿其体肤"。
② 经历十年"文革"的磨难，可谓"苦其心志"。
③ 经过广阔天地的历练，可谓"劳其筋骨""空乏其身"。夏日在密不透风的庄稼地里施化肥，气味难耐，气喘吁吁，汗流浃背，酷热难耐。
④ 综上所述，吾辈可堪大任矣。

四

箪食陋巷伴余庚,

也傍榆荫倚晚晴。①

六十蜗居四代息,

三千弱水一瓢倾。②

诗书每鉴古今事,

手眼亦通柴米情。

从此随心不逾矩,

且将余事寄平生。③

【注释】

① 倚晚晴,蕴含宋·黄庭坚《登快阁》诗中"痴儿了却公家事"之意。
② 一瓢倾,一瓢饮。既写无欲无求的淡然心境,亦照应首句箪食。
③ 余事,诗词写作。郭沫若有诗云:"经纶外,诗词余事,泰山北斗。"此指诗词阅读与写作。

五

陋室无铭不自孤，

三千桃李满京都。

持家各辟新天地，①

报国同怀碧玉珠。②

每唠家常思故里，

时加微信话当初。

嘘寒问暖寻常事，

苦乐人生共有无。

【注释】

① 他们每家的日子过得都很美满。
② 他们每人都有一技之长，在各自岗位为国尽忠。
此诗写给我在京的"1983届""1986届"的学生们。感谢他们给予我的弟子之礼和精神慰藉。

六

漠漠长天一雁驰,

东风送暖入京师。

九重归梦凭谁见,

七秩人生唯自知。

笔底情怀虽未了,

书中事业任由之。

大江毕竟东流去,

只有涛声似旧时。

七律

【注释】

❶ 诗写于丁酉岁初。再过月余,我将步入古稀之年。夜来无寐,胡思乱想,拿起手机,随想随记。一口气竟写出六首,谓之杂咏,实不为过。

龙潭家宴感赋兼答树森弟[1]

一

龙潭家宴设良辰,

山色湖光次第亲。

万柳堂前花胜锦,

双亭桥畔草如茵。

云烟三载说荣辱,

风雨十年忆苦辛。

喜聚京园归白发,

端阳诗酒长精神。

二

长河看落几星辰？

老去重逢倍觉亲。

竹叶千杯逐曲水，①

荷香十里醉重茵。②

已将碧血荐家国，

不让清名负楚辛。③

莫道阳春少知己，④

高山流水可怡神。⑤

【注释】

① 竹叶，酒名。此代美酒。此句借曲水流觞典故，言饮酒赋诗。
② 重茵，多重席垫。此借指浓密的草地。
③ 楚辛，即辛楚，艰辛苦楚。

【注释】

④ 阳春，即阳春白雪。中国古代十大名曲之一。因其艺术性高、难度大，后泛指高雅的艺术。知己，知音。少知己，曲高和寡也。

⑤ 高山流水，中国古代十大名曲之一。后因俞伯牙与钟子期之典故，引喻为知己或知音。

❶ 丁酉五月初四，梁树森、李艳夫妇，在龙潭公园万柳堂酒楼设三家家宴，共度端午佳节。三家者，梁树森、李艳夫妇，赵英奇、柴桂枝夫妇，陈坚、刘晓平夫妇也，皆高中同窗及校友。三家同宴，乃五十年来之首次，不能无诗。

龙潭公园，北京十大名园之一。位于京城东南二环之内。与龙须沟互成首尾之势。我们从东门而入，树森夫妇在门口已等候多时。寒暄过后，我即被眼前的十里湖景吸引过去。眼望的是一片荷花芬芳、芦苇摇曳的荷塘，荷叶亲密无间。微风从叶面上吹过，此起彼伏，犹如轻轻荡漾着的碧波，在偌大的湖面上别有天地，自成景观。阵阵馨香，扑鼻而来，贪婪地吸上两口，还未及吐出，它便飞过湖面，躲进岸边的草地里，不见了踪影。放眼西顾，远远的对面是一座岛屿。岛屿之上，杂树丛生，郁郁葱葱；水草丰茂，迷迷蒙蒙。其间楼台亭阁，若隐若现，长廊短栈，人来人往。是海市蜃楼，抑或蓬莱仙境？

【注释】

这景象真的让人有几分醉了。沿着蜿蜒曲折的湖边石板甬路，我们一路迤逦前行。薄阴的天气，十分舒适，平添了几分惬意。谈话虽漫无边际，但多是在回忆之中。岸柳时而拂衣，将湿漉漉的空气拍打到身上。恍惚之间，我们仿佛在历史的时空中穿行，全然忘我。

酒席之上，觥筹交错。谈吐之间，诗赋频仍。老三届之风云，知青之岁月，自然还是这些古稀之人怀旧的主题。说起当年一些共同的经历，无比唏嘘，不胜感慨。话题涉及晚年的人生态度时，树森几次提到要保持"清名"。我知道，树森一生注重自身修为，中国传统知识分子的生命品格，在他这代人中，他应是那道仅存的亮丽风景之一。真是难能可贵。此正所谓"艰难困苦，玉汝于成"啊！席间，树森、李艳夫妇二人，各自吟唱了一首即兴诗歌将聚会推向高潮。二位都是大学教授，一文一理，相得益彰。家宴从上午巳时持续至下午未时。宴毕，夫妇二人直送我们到公交站后方肯离去。他们走过过街云桥后，我们再次挥手致意。然后各自转身又都消失于茫茫人海之中……

时间永是流逝，生活依旧……

忆知青岁月次斯文《同窗赋》原玉奉和诸位学友❶

万里云烟接素秋,
依稀别梦到村头。
园田守拙岂陶令?①
垄亩躬耕非武侯。②
雨雪风霜浑漫与,
悲欢苦乐自相酬。
知青老去耽回顾,
好向生涯再放舟。

【注释】

① 语出晋·陶渊明《归园田居》:"开荒南野际,守拙归园田。"
② 语出晋·陈寿《隆中对》:"亮躬耕垄亩,好为《梁父吟》。"
❶ 黑山高中老三届微信群发斯文七律《同窗赋》一首,一时引来诸位同窗学友唱和。语意翻新,佳作迭出。时逢黑山高中老三届毕业暨上山下乡五十周年之际,不禁回想起知青岁月,乃依其原玉奉和,聊助一时之兴。斯文,原一年级四班裴树林。新诗近体诗俱佳。

写在《"黑山高中老三届同学微信群"满月时》兼寄绍春弟❶

桐花千里寄相思,①

新凤声声满月时。②

捷报频传云外信,③

才情屡赋剑南诗。④

悠扬归梦凭君见,⑤

跌宕生涯共汝知。⑥

今日摇篮歌一曲,

兼程风雨到佳期⑦。

【注释】

① 桐花千里，取意李商隐"桐花万里丹山路"诗句，借喻美好的祝愿。
② 新凤声声，取意李商隐"雏凤清于老凤声"诗句，喻指微信群。
③ 微信始建，应者云集，几天即过百人矣。
④ 群里诗人辈出，新诗、近体诗，佳作频出。宋·陆游有《剑南诗稿》传世，时人称其为剑南。
⑤ "见"通"现"，实现。君，指群主绍春。
⑥ "汝"，指微信群。知，了解。
⑦ 佳期，归期，聚会之日。
❶ 丁酉榴月廿四，收静悄悄《"黑山高中老三届同学微信群"满月时》厚礼一份。静悄悄，名副其实。自创办微信群以来，就静悄悄地，勤勤恳恳地，默默无闻地为这个群的成长壮大奉献着，为五十年的聚会搭建成坚实的平台。而他却悄悄地走了，正如他悄悄地来，"挥一挥衣袖，不带走一片云彩"。静悄悄，群主绍春也。徐志摩的诗句就是绍春的节操、性格写照。

戏赠福成兄❶

一从京国作筹谋,①

三月烟花下锦州。②

八面来风犹稳舵,

四时有雨也行舟。③

欲圆归梦传微信,④

更叙离情觅旧游。⑤

待到云帆齐聚日,

渔歌唱晚泛中流。⑥

【注释】

① 2017年"五一",在京的十几个黑山高中老三届的同窗校友聚会,会间一致推举福成为纪念黑山高中老三届毕业暨上山下乡五十周年的聚会的发起人,力促成此举。福成虽坚辞再三,终因盛情难却,表示竭尽全力玉成此事。赤子之心,殷殷可鉴。

② 后两天,福成即离京返乡。其时,正是阴历三月末。

③ 此联乃福成早年的自拟联。

④ 此次返乡,在刘绍春的倡导下建成黑山高中老三届同学微信群。一时应者云集,几天里人数便过百,开辟了交流的天地。

⑤ 相继找到了多半失联的同学。

⑥ 相信将是一次很圆满的古稀聚会。

❶ 丁酉五月,黑山高中老三届同学微信群群主刘绍春给福成制作了一帧精美的照片,照片下用福成早年的一副对联"八面来风犹稳舵,四时有雨也行舟"作题。很有寓意,很合时宜。其时,群里正在庆祝建群满月,于是给福成写了此律。题为戏赠,是因此诗是就福成的自拟联而写成的,另外,觉得很有意思。诗的前四句的首字竟然是"1384"。完全是一种巧合。大概是个好兆头。

朱日和阅兵感赋

一

朱日沙场夏点兵,
旌旗大漠舞连营。
涂装迷彩传神韵,
铁甲银鹰作和声。
塞上长城堪自许,①
掌中利剑亦龙鸣。②
三军只待出师令,
一扫胡尘天下惊!③

【注释】

① 堪自许,值得自豪骄傲。此句仿陆游《书愤》诗句"塞上长城空自许"之意而用之。
② 亦龙鸣,也做好了战斗准备,随时聚歼来犯之敌。剑作龙鸣声,语出《太平御览》卷三四三引《世说》:"王子乔墓在京陵,战国时有人盗发之者,都无见。惟有一剑悬在圹中,欲取而剑作龙虎之声,遂不敢近。俄而径飞上天。"唐·李峤《宝剑篇》:"一朝运偶逢大仙,虎吼龙鸣腾上天。"唐·李白《独漉篇》:"雄剑挂壁,时时龙鸣。不断犀象,绣涩苔生。"
③ 胡尘,借指一切来犯之敌。

二

直北关山野战兵，

连云方阵走行营。

英风浩荡眉间气，

铁血奔流塞外声。

亮剑但凭龙虎跃，

韬光且任犬鸡鸣。①

阿三溃后应犹记，

鹤唳当年草木惊。

【注释】

① 韬光，最早见于南朝梁太子萧统《靖节先生集序》。其序中有"圣人韬光，贤人遁世"一句。《晋书·皇甫谧传》中又有"韬光逐薮，含章未曜"之说。此指冷静观察、缜密思考、统领全局、谋划未来的一种战略行为模式。

回赠老马[1]

家酿一杯漫自尝,[1]

何须曲水共流觞?

吟风淡淡怀风远,[2]

兴味绵绵回味长。[3]

已慰平生归白发,[4]

更将余事焕容光。[5]

嘶风老马情犹切,[6]

总把同窗入醉乡。[7]

七律

【注释】

[1] 家酿,借指老马的诗。树森诗自出机杼,独成一格,可谓家酿。
[2] 吟风,诗的风格;怀风,诗人的情感。从诗的形式、内容方面着眼。
[3] 兴味,诗的格调、韵味;回味,诗的影响、作用。也是从两个角度入手。

【注释】

④ 慰平生,语出《三国演义〈群英会蒋干中计〉》周瑜酒后醉歌:"……立功名兮慰平生……"树森离校后即从军,军官转业到地方后也是为官一任,造福一方。可慰平生。

⑤ 余事,指诗词写作。语出郭沫若词:"经纶外,诗词余事,泰山北斗。"

⑥ 这里翻用"老马嘶风"成语。语义双关,"嘶风"亦指诗歌写作。

⑦ 树森经常在同窗聚会的酒桌上即席为同学写诗助兴。醉乡,酒后写诗的一种状态。

❶ 丁酉十月,收老马《夜读陈坚〈赠景泉〉有感》诗一章。当即便写了此诗回赠。沉淀了月余,稍加修改,才发给老马,迟复为歉矣。

老马,乃高中时校友马树森的微信名字。读高中时,他三班,我四班,我们所在的两个班级紧挨着。可谓朝夕相处了三年。退休后,我们又在北京相逢,时有小聚。再加上我们同龄,更增加了几分亲近。树森极具诗人气质,诗思敏捷,几可出口成章。其诗庄谐并举,雅俗共赏,行云流水,朗朗上口。本诗对他的诗稍有评价,也不知确否。

寄兆年①

竹马昔曾同少年,①
舍南舍北一街穿。②
琴歌互答同春雨,③
短笛相随共夕烟。④
风雪江关伤别后,⑤
烟涛湖海苦茫然。⑥
何当共煮青梅酒,⑦
再忆初心话比肩。⑧

【注释】

① 我和兆年共同度过的最美好时光就是青少年时期，初高中以前十多年时间。

② 我们两家离得很近，我家偏西南，他家居东北，中间隔了一条南北小街，叫自由胡同。从我家的后门出来，到他家前院，斜穿过去，也就两三分钟路程。上学时，他家是必经之路，走到他家的房后，当着他家后窗，届时一声招呼，我们就一块上学去了。其实学校就在东边，也很近。没有多远路程，就是愿意结伴同行。

③ 兆年擅长文艺。吹打弹拉，无一不精；歌又唱得极好，标准的男高音。春日里，我们时而在一起拉二胡、吹口琴，听他引吭高歌。

④ 放学后，傍晚时分，有时我在自家后园吹笛子，他听到后，便也用笛子回应，你吹一句，我回一声，笛声此起彼伏，其乐无穷。是竹笛，用芦苇的薄膜粘在抹上大蒜浆汁的笛子的共鸣眼上，吹起来十分清脆悦耳。兴起时，笛膜经常被吹爆。所以，找芦苇，剥笛膜，也是学笛子必做的功课，饶有兴味。短笛，在这里有特殊的纪念意义。兆年曾送给过我一只短笛，一尺有余，食指粗细，传响高远，发音清脆，很好玩。

⑤ 在上山下乡做知青初期，兆年突遭变故，一夜间，风雨如磐，从此伤别，天各一方。

⑥ 尘寰内外，断隔消息；江湖上下，苦无音信，烟涛浩渺，一片茫然。

⑦ 青梅煮酒，有回忆儿时生活之意。发小重逢，应有心期。

【注释】

⑧ 比肩,并肩。这里特指少年同行时期的往事。呼应句首。

❶ 兆年,即邢兆年。算起来,我和兆年是同乡发小。不仅是同乡,而且是同学。从小学到初中,同在黑山北关实验学校就读。后来又同是黑山一高中校友。我高他一个年级,以兄弟相称,我算是兄长。我们在同一所学校共同度过了近十年的美好时光。高中离校后,我下乡,他还乡,又同为知青。其间,到各自的驻所我们互访过一次。以后他突遭变故,就再也没见过面。又十余年后,我在锦州读大学期间,他突然到校造访,这是久别后的第一次相见。以后在故乡我专程去过他家一次,是第二次见面。从此便无往来。这期间,我每回故乡时,也曾找过他,一直未果。说是去了省城,也无音信。直至今年十月,通过柴桂芝学妹,我们才联系上,也只是通了次电话。我在这头,他在那头,沧桑之声相闻,人是不能相见。才得知兆年罹患重疾,虽初愈,怕激动,不敢轻易和同学通话。这次例外,听说是我,主动攀谈。发小情谊,可窥一斑。算来距上次见面,又过十年矣。人生苦短,一晃,我们都已年过古稀。谁能料见下一个十年,我们还能否相见?这首诗,是在我们通话后写成,总觉得有说不尽的话,却不禁欲言又止。隐隐约约的酸楚,不时袭上心头。人的情感真是说不清楚。

冬至即事二首[1]

一

翠明庄里迎冬至,

紫禁城东待客来。

已带斜阳穿巷陌,

又携春色过池台。

江山故宅皆新迹,

樽酒佳肴只旧怀。

千里欲圆三届梦,

鞠躬更尽掌中杯。

二

走马川原去复回,

尘埃落定心花开。

良辰今夕无虚设,

愿景明朝有别裁。

故里当看塞北雪,

京东犹望岭头梅。

一年正是好时节,

拂面春风送暖来。

【注释】

❶ 丁酉至日,周庆森、丁作刚二位学友不远千里,专程从锦州来京共商"黑山高中'老三届'离校五十周年联谊会"事宜。这一天,天气格外好。晴空万里,冬阳朗照,没有一丝风。和煦的阳光洒在身上,暖暖的、痒痒的,舒服极了。犹如春天般的感觉,心情顿时舒畅起来,精神也随之抖擞几分。天公作美,看来是个好兆头。赵英奇、柴桂芝夫妇为迎接二位学兄的到来,做了精心的安排。下榻的宾馆是位于东华门附近的翠明庄酒店。翠明庄酒店坐落在南池子街靠北端的西侧,乍看起来很不显眼。沿墙的门楼与街中其他门脸没有什么异样,都保留着明清时期的遗风。但进得院来,却别有洞天,里面装修得古朴典雅、闲适得体。院子里极静,全无闹市的嘈杂,时而一两声清响,庭院愈加显得幽远。真是个怡然之家。其实,南池子街在明朝时期是皇家的东苑。走在这条街里,一不经意间,你就会触碰到往日的时光,谛听到明清的那些事儿。

从翠明庄酒店出来,已过午时。我们沿着南池子街去东华门附近的一家餐馆共进午餐。午后的斜阳,洒上每个人的肩头。穿过南街进入北巷,十几分钟就到了这家叫作四季民福的京味酒楼。酒楼的位置得天独厚。从二楼的北窗向外看,斜对面便是东华门,门外游人来来往往。窗下则是护城河,河面尚未结冰,河水仍脉脉地流着。故宫风物,尽收眼底。把酒临风,畅叙旧怀,其喜洋洋者矣!英奇、桂芝夫妇,为远客接风,为开局圆满,可谓用心良苦啊!

【注释】

至后一日辰时，我们从翠明庄酒店出发，驱车向顺义的行宫村与先期到达的张福成夫妇、刘绍春群主会合。刘晓平的《部落行》记叙了这次聚会的全过程。兹录如下：

2017年冬至次日，我们乘桂芝借的七座商务车，从北京天安门东的南池子胡同，也就是故宫东华门附近的翠明庄宾馆起身，前往北京顺义区行宫村的蒙古部落出发了。车上，我们老三届同学六人：柴桂芝、赵英奇、周庆森、丁作刚、陈坚、刘晓平。刘绍春作为先行者，乘地铁，先到了顺义，同张福成、程玉玲两位会合，等着我们的到来。明翠庄是庆森和作刚冬至日从锦州来京下榻的由桂芝安排的宾馆。

这一天是周六，清晨，天空湛蓝，没有一丝云，也没有一丝风，空气新鲜，我们从家里出发，比旅游还兴奋地一路向北去了。车上，讲故事的高手作刚，一路讲他在校住宿时的趣事，惹得我们时不时开怀大笑，我们又提前听到了《随想》的故事。桂芝也不时地就着路旁的风景、楼舍，适时地做介绍。几个七十岁的老人，一路欢歌笑语。

上午10点45分，我们顺利到达了，与等在这里的三位同学见面了。有一点井冈山会师的感觉。这个"蒙古部落"，是一个占地很大的休闲酒店，散落着一排排脚下带轮子的小木屋，木屋装修豪华，客厅、卧室、洗手间、阁楼、应有尽有，干净整洁。

【注释】

外边还有一个很大的水塘,夏季可在塘边垂钓,还有喷泉喷水,孩子们可以嬉戏。这里是个合家度假的好去处。木房后边是一排排高大的蒙古包毡房,蓝红的色彩很是鲜艳,与前边的黄色木屋交相辉映。

我们一行人,大略地看了看,径直来到一个会议室,开始了今天之行的议题。首先由黑山高中老三届毕业五十周年聚会筹委会主任张福成说明部落之行的任务和目标,接着由副主任周庆森提出各项议题,大家逐项议论表决,会议进行得热烈而有秩序。中午12点了,福成宣布休会,大家移步到蒙古包里就餐,约定酒过一巡继续讨论。

圆形的毡房的墙壁上,正冲着门的位置上悬挂着一幅成吉思汗的画像,很是醒目。东道主福成要求大家落座后,午餐就开始了。这真是别开生面的宴饮。大圆桌上,首先上了一木盆奶茶,木盆是金色的,花纹也雕刻得十分精致。每个人面前也都有一个与木盆同色的小碗,大家先品尝起奶茶来。接着,一道道蒙古特色的大菜端上来了。大盘的羊排、牛蹄筋、羊眼肉片、羊肉锅,过油的精致的奶豆腐,和一盘盘糯米制的年糕、点心、奶酪、一条大鱼,再加上几道汉菜、几道素菜,真是丰盛。男士们品着五粮液,女士们饮着干红,绍春群主自己啜着奶茶,两位司机喝着饮料,大家举杯庆贺这一庄严而又欢乐的历史时刻,杯中的美酒一饮而尽。

席间,酒店老板又安排了由四个蒙古族青年组成的乐队来演唱助兴。他们是从《星光大道》走来的,经常去北京大剧院演出的歌手,演奏了我们熟悉的

【注释】

蒙古族歌曲。又有蒙古族姑娘前来一一敬酒，使得气氛非常热烈。听完歌唱，酒过一巡之后，大家就急不可耐地又将议题一项项接着讨论落实下来。宴会一直进行到晚上五点钟。从蒙古包里出来，大家都有点儿从嘉兴红船上下来的喜悦和庄严感。庆森和作刚从千里之外的锦州，特意来这里会合研讨此事，福成兄早就安排好住宿的宾馆和送站的事宜，我们就依依惜别，分手回城了。

天渐渐黑了，北京城华灯初上，一切是那么和谐，一切是那么安详，一切是那么美好。

附　录

风雨世纪行

——写在黑山高中"老三届"
离校暨上山下乡五十周年之际

第一章　相聚古稀

蓝天，白云，长烟，秋水，
黄花，碧草，远山，大地……

正鸿雁南归，大江东去，
恰皓月当空，婵娟千里。
此刻，我悄悄地走近你，
是一个万家团圆的时候，
此刻，我轻轻地抚摸你，
那一页千载难逢的日历。

1968 年 9 月 24 日！
我再次深情地唤醒你：
倾听你狂热时的呐喊，
感受你冷静后的沉寂。
牵动你老三届的情结，
打开你知青时的记忆。

1968 年 9 月 24 日！
一段历史的数字化缩写，
一段人生的突发性际遇。
一个时代的断裂性节点，
一个群体的永久性记忆。
一个称谓的戏剧性传递！

老三届，那就是你——
我日夜思念的姐妹兄弟！
那就是你，老三届——
我挥之不去的万千思绪！
今天，我高声地呼唤你，
一个饱经风霜的名字，
今天，我热情地邀请你，
一个空前绝后的群体。

相逢一笑，何需千言万语，
蓦然回首，就是半个世纪！
承载着五十年尘封的记忆，
吹拂着五十年人间的风雨，
披带着五十年历史的烟云，
拣拾着五十年跋涉的足迹。

今天，赤子回归，同窗相会。
今天，山水做证，日月同辉！

这是一次对精神家园的终极守卫，
这是一次对断代历史的真情梳理；
这是一次对激情岁月的即时交响，
这是一次对锦瑟华年的温馨追忆；
这是一次对既往人生的自觉交代，
这是一次对跌宕生涯的晚年致意！

来吧，追思往事，畅叙友谊；
来吧，感恩母校，回归故里！
一条"奋斗"的线索，连缀两个世纪，
一个"奉献"的主题，贯穿整个自己。
让我们做一次难忘的世纪之旅！
让我们做一次豪迈的古稀相聚！

第二章　致敬母校

看寒来暑往，物换星移，
任晨风扑面，玉露沾衣。
此刻，我轻轻地走近你，
那一座神圣的知识殿堂；
此刻，我静静地仰望你，
这一处神密的人才高地！

黑山高中，我的母校，
我的思念，我的铭记：
我思念——
那教室窗前沙沙作响的白杨，
我思念——
那走廊壁上孜孜不倦的习题，
我思念——
那北山坡中阵阵飘香的秋果，
我思念——
那南菜园里油油泛绿的春畦。
我思念——
那大食堂内腾腾热气的馒头，
我思念——

那翻沙车间吱吱作响的铁水。

我的思念是那一方深情的热土,
我的思念是那一派绿色的生机!

你远离浮华,淡泊名利,
你拒绝平庸,勇于进取;
你勤奋刻苦,自强自立,
你严谨执着,求真务实。
你精英荟萃,名师云集,
你声播邑外,享誉辽西!

你的品格,你的气质,
你的作风,你的学识,
你的态度,你的习惯,
你的精神,你的意志,
都已默默地流进我们的血液,
都已深深地嵌入我们的心底!
这是我们一生矢志不渝的支撑,
这是我们始终不辍前行的动力。

习惯了你讲话时不苟言笑的神态,
见惯了你巡视时背手踱步的威仪,

听惯了你上课时点评的连珠妙语,
看惯了你夜深时伏案的劳劳身姿。
你是春风,循序渐进,和和煦煦,
你是时雨,润物无声,点点滴滴。

你为我们青春的萌芽破土,
你为我们生命的成长奠基。

黑山高中,我的母校,
我的思念,我的铭记:
因为有了你当年严格的筛选,
才有了这批优秀的民族子弟!
因为有了你当年的百炼千锤,
才有了我们日后的坚强不屈!
因为有了你当年热情地召唤,
才有了我们今天深情地相聚!

黑山高中,我的母校,
我的感恩,我的致意:
在五十年后的九月二十四日,
在今天,在此时,在这里——
请接受我们老三届的真情问候,
请接受古稀弟子们的崇高敬礼!

第三章　际遇青春

望花开花谢,潮落潮起,

又夜深人静,月朗星稀。

此刻,我默默地注视你,

一个"史无前例"的初期,

此刻,我缓缓地接近你,

一个"大有作为"的天地。

我的青春,我的际遇

我的呐喊,我的沉寂:

我呐喊——

在那大辩论的嘈杂中欲辨是非,

我呐喊——

在那大批判的喧嚣中试分真伪,

我呐喊——

在那大字报的海洋中波涛万顷,

我呐喊——

在那大串联的长征中铁流千里……

我们满腔热血,一身正气,

我们襟怀坦荡,无私无畏!

我们为年少无知付出沉重的代价，
我们为少年轻狂付出高昂的学费。
然而，这一切在当年都不能回避，
因为，是历史选择了我们这一辈。
不仅因为我们是风华正茂的青年，
更因为我们与共和国恰逢同年岁！

共和国历史的选择啊才刚刚开始，
为共和国的选择而担当舍我其谁？！
我们来不及去思索，来不及喘息，
又匆匆踏上了一个更广阔的天地……

汽车在望不到边际的原野上奔驰，
一路坎坷，颠簸着我起伏的思绪：
八千里路，云涌星驰，此行何去？
十载寒窗，魂飞梦断，此情谁寄？
伤别的是抱憾终生的未竟的学业，
尔来的是接受贫下中农的再教育。

点种，扶犁——
鱼肚白下，我们餐风饮露；
薅草，间苗——
斜阳垄上，我们匍匐前驱；

追肥，打药——
青纱帐里，我们挥汗如雨；
打钎，放炮——
风雪山中，我们惊天动地！

从青苔泡内寒风凛凛的水田，
到常兴镇外烈日炎炎的碱地，
从绕阳河畔荻花瑟瑟的芦荡，
到北老山上冰雪皑皑的断壁，
到处有我们耕耘稼穑的身影，
到处有我们艰辛跋涉的足迹。

春种秋收、生命轮回，
我们练就出庄稼院里的十八般武艺；
花飞叶落、时序更替，
我们践行着中华夏历的二十四节气。
年复一年，年年重复着去岁的劳作……
日复一日，日日重复着昨天的故事……

啊，知青——
在社会的最底层中体味人生的苦难，
在人生的苦难中了解最底层的社会！
把最美好的年华统统献给广阔天地，

把共和国的苦难默默分担给了自己。
一任那山高水远、天长地久，
忍将这岁月蹉跎，青春虚掷！

有道是失之东隅，收之桑榆：
艰难困苦的磨砺——
练就成我们勤劳节俭，刚强坚毅的品质；
绝无仅有的经历——
培养出我们勇于吃苦，战胜困难的勇气。
这是人世间最可宝贵的财富，它丰厚无比！
这是世途中最为珍贵的利器，它所向披靡！
凭着它，我们走过了往昔生命里共同的岁月，
凭着它，我们开辟出以后人生中各自的天地……

啊，知青——
20世纪中国历史上的一段曲笔，
千载难逢的关于青春的一个命题
百年人生中刻骨铭心的一段记忆，
五十年前流传于故土的一个传奇！

还有一段传奇，必须插叙：
在接受贫下中农再教育的同时，
知青却用半途而废的学业知识，

为贫下中农浇灌出芬芳的桃李！
从复式的村小，到九年的学制；
无论山上乡下，还是村中镇里；
是你，缓解了农民知识的饥渴；
是你，填补了农村文化的贫瘠；
其时蚕丝绵绵，是处蜡泪滴滴……

共和国不会忘记，广阔天地不会忘记；
一草一木不会忘记，山山水水不会忘记！

是的，不会忘记，
半世纪前我们曾经的一次青春的邂逅；
五十年来和我们魂梦相牵的一个知己！
"老三届"后我们又一个沉甸甸的名字！

第四章　砥柱中年

叹韶华过尽，岁月流急，
是大地归春，百鸟争啼。
此刻，我远远地回望你，
一座挺立激流的中年砥柱；
此刻，我深深地赞叹你，

京园余梦

一块满负重荷的家国基石!

我的中年,我的而立;
我的奉献,我的进取!
我们进取——
在伟大的历史转折中重新定位生命的起点,
我们进取——
在改革开放的大潮中重新寻找人生的命题,
我们进取——
在家庭简陋的蜗居中侍奉父母、养育子女,
我们进取——
在事业繁重的承载中不辍前行、屡创佳绩!

无论是杏坛学府,还是柳营军旅,
无论是大棚苗圃,还是厂房工地,
无论是产业园区,还是国营私企,
无论是一府两院,还是街道社区,
在家乡的每寸土地上,
在社会的各个领域内;
在我们辛勤的汗水中,
在我们无私的奉献里,
我们风雨兼程,殊途同归,
共同将共和国的大厦牢牢地撑起!

躬下身，甘愿做沉默的砥柱，
埋下头，甘愿做铺路的石子！
在修补自我生命的同时，
又用生命修补了中国断裂的历史！

从鼎鼎有名的精英，
到默默无闻的布衣，
我们拥有一个共同的身份，
我们共享一个共同的名字——
那就是你，老三届，
老三届，那就是你！
我朝夕相处的同窗校友，
我日夜思念的姐妹兄弟！

第五章　青山夕照

鸿雁，归舟，霜天，故里，
青山，夕照，晚霞，桑榆……

是百川归海，奔流不息；
当盛世良辰，人生古稀。
此刻，我紧紧地拥抱你，

一个终于梦圆的时日；
此刻，我殷殷地祝福你，
一次弥足珍贵的团聚！

久别重逢，百感交集；
欢聚一堂，抚今追昔。
……
我们从岁月的尘封中走来，
滚滚云烟，猎猎旌旗；
我们从世间的坎坷中走来，
苍苍鬓发，匆匆步履；
我们从历史的眷顾中走来，
迢迢关山，段段传奇；
我们从人生的砥砺中走来，
锵锵筋骨，朗朗身躯！

啊，五十载花开花谢，
我们已分别得太久太久；
啊，三届人春来春去，
我们又离去得太急太急！
今天，我们在母校的港湾中暂做片刻停留，
明天，我们生命的航程又一次从这里开启！
这将是我们人生之旅的又一次集体的跋涉，

这将是我们人生里程的最后一次同心标记!
我们向晚岁的成熟走去,
感恩过去,回馈社会;
我们向暮年的睿智走去,
宠辱不惊,去留无意;
我们向人生的豁达走去,
从容淡定,无怨无悔;
我们向生命的崇高走去,
民族节义,家国情怀!

走过风雨,穿过世纪,
今天,我们站在这里,
满目青山,无限夕晖,
祈福明天,相约来日:
让晚霞焕发出漫天绚丽的世纪风采,
让夕阳续写出毕生不朽的时代传奇!
以我们老三届的情怀,
以人民共和国的名义!

2018 年 1 月 18 日

后　记

《京园余梦》成集付梓之际，我的人生也恰好进入了第七十个年头。我们这代人几乎与共和国同龄。共和国的命运，注定了我们的命运；共和国发展的历程贯穿于我们人生轨迹的每一个阶段。我们与共和国交织着、重叠着，不能分离。所不同的是，共和国还年轻，而我们却老了。我们与共和国同行。一路走来，幸福的童年、三年自然灾害、"文革"十年，我们都经历过；我们也见证了三十多年的改革开放的伟大成果。所以，这个集子里的多数诗篇都有着共和国的烙印，镌刻着共和国的记忆，散发着共和国的气息，寄寓着共和国的情怀，也就在情理之中了。

算起来，我的人生从时空上大体可分四个阶段，每一个阶段都有一个主题，可用诗集里的诗句概括为：（出生至21岁）悲欢故里；（22岁至32岁）风雪山乡；（33岁至60岁）锦绣之州；（61岁至今）北斗京华。这四个阶段、四个主题，便成为这本律诗专辑选诗的依据和原则。大凡与四个主题相关的诗章，多被选入此集。比如："悲欢故里"，选有《回乡杂感》《怀故里居止六首》《北海泛舟》《马兰花》《橄榄树》等十七首诗歌（以下略）。同时，大凡与主旨密切相关的诗的注释，也都使用了近似散文的繁笔，即《题记》里所谓的封存记忆。这样注释下来，朝花夕拾，我人生四个阶段中的重要历史事件和主要经历也大致自成脉络，保存下来。倘若在回顾时，真能增添些许趣味，那则是意外的收获了。

1958年，我就读的黑山北关小学开始进行"集中识字"教学改革实验。那年，我读小学四年级。在轰轰烈烈的"教改"大潮中，我成了实验的先行者。做观摩课，写万字文，徜徉在祖国语言文字的长河中，真是不亦乐乎！按同音归类集中识字的教改实验，收到了明显的效果。后来，有全国27个省、自治区、直辖市参加的"教学改革现场会"在黑山召开。黑山北关小学一鸣惊人，与当时的北京景山小学齐名，并结成姊妹校。一时间，参观者纷至沓来，络绎不绝。低年级的一个教改实验班的学生，在来宾现场命题下，稍加思索，竟能脱口成诗，一时传为佳话。学校被辽宁省人民政府确定为省重点实验学校，并从此更名为"辽宁省北关实验学校"。再后来，学校实行九年一贯制，我们成了学校初中部的首届学生。这期间换了两任校长，两任校长的国学功底都很深厚。学校习古文、诵古诗的传统文化的氛围愈加浓厚。这在少儿时期培养出的文学兴趣和文化基因，对我以后走上学文、从文（从事语文教学）的道路起到了至关重要的作用。这是埋藏于心底里几十年的一些话，因与诗集的内在关联，借此机缘倾吐出来，也算是我对儿时母校及我童年、少年时期求学生活的一个纪念。聊以释怀。

1963年，《毛主席诗词三十七首》问世。郭沫若即有词云："经纶外，诗词余事，泰山北斗。"老人家个性化、心灵化、情感化的诗词，以其豪迈的气概、浪漫的情怀，华美的文采，沾溉了我们这一代人。其时，我正读高中。《毛主席诗词三十七首》的发表，在我们一部分学生中间，不仅掀起了学习毛主席诗词的热潮，同时也激发了我们学习中国古典诗词的极大热情。《毛主席诗词三十七首》，已经集结成一个符号凝固在我们脑际，形成为一种情结埋藏于心底。说来凑巧，大约十年后，我以知青的身份在一所农村小学任教，遇到了一个六七岁读一年级的孩子。《毛主席诗词三十七首》，他竟倒背如流。我自愧弗如。一问，原来他的父亲是位"五七大军"，和我们同属一代人。我立刻明白了，《毛主席诗词三十七首》，不仅沾溉了我们这一辈人，也渗透进我们下一代人的血液中。这三十七首诗词，虽随时间的流逝，与我们渐行渐远，却历久弥新。五十多年后的今天，我的这本律诗专辑，恰好选诗一百四十一首，绝非偶然。也算是我在心底里默默地对"诗词余事，泰山北斗"和既往诗词生涯的一次迟到的纪念吧！

最后，按惯例，在这里我要向那些为这本诗集的出版倾注心血和热情的亲朋好友、同窗知交致以真诚的谢意！向从不同视角为我写下厚重深情文字的刘宇辉、李京东二位弟子表达由衷的感谢！向一直关注诗集出版消息的海外、故乡、京都的锦州中学"1983届""1986届"我的学生们送上亲切的问候！

陈　坚

丁酉冬月